Né en 1977 à Washington (D.C.), Jonathan Safran Foer a fait des études de lettres à Princeton. En 1999, il part en Ukraine sur les traces de son grand-père. De ce voyage naîtra son premier roman *Tout est illuminé*, qui fut couronné de nombreux prix, encensé par la critique puis adapté au cinéma par Liev Schreiber ; succès que ne dément pas un deuxième roman, *Extrêmement fort et incroyablement près*. Jonathan Safran Foer publie également des textes dans *The Paris Review*, *The New York Times* ou *The New Yorker*. Il vit à Brooklyn.

DU MÊME AUTEUR

Extrêmement fort et incroyablement près
Éditions de l'Olivier, 2006
« Points », n° P1746
et Point Deux, 2011

Faut-il manger les animaux ?
Éditions de l'Olivier, 2011
et « Points », n° P2780

Jonathan Safran Foer

TOUT EST ILLUMINÉ

ROMAN

*Traduit de l'anglais (États-Unis)
par Jacqueline Huet
et Jean-Pierre Carasso*

Éditions de l'Olivier

L'éditeur remercie Emmanuel Moses
pour ses précieux conseils.

TEXTE INTÉGRAL

TITRE ORIGINAL
Everything is illuminated
ÉDITEUR ORIGINAL
Houghton Mifflin Company, 2002
© original
Jonathan Safran Foer, 2002

ISBN 978-2-7578-3777-1
(ISBN 2-87929-311-1, 1re publication)

© Éditions de l'Olivier, 2003, pour l'édition en langue française

Le Code de la propriété intellectuelle interdit les copies ou reproductions destinées à une utilisation collective. Toute représentation ou reproduction intégrale ou partielle faite par quelque procédé que ce soit, sans le consentement de l'auteur ou de ses ayants cause, est illicite et constitue une contrefaçon sanctionnée par les articles L.335-2 et suivants du Code de la propriété intellectuelle.

En toute simplicité et en toute impossibilité :
POUR MA FAMILLE

Ouverture au commencement d'un très rétif voyage

Légalement, je m'appelle Alexandre Perchov. Mais mes nombreux amis me surnomment tous Alex, version plus flasque à articuler de mon nom légal. Ma mère me surnomme Alexi-arrête-de-me-morfondre!, parce que je suis toujours à la morfondre. Si vous voulez savoir pourquoi je suis toujours à la morfondre, c'est parce que je suis toujours ailleurs avec des amis, à disséminer tant de numéraire, et à accomplir tant de choses qui peuvent morfondre une mère. Mon père soulait de me surnommer Chapka pour le bonnet de fourrure dont je me chapeaute même pendant les mois d'été. Il cessa de me surnommer ainsi parce que je lui ai demandé de cesser de me surnommer ainsi. Cela m'avait une résonance gamine et je me suis toujours considéré comme très puissant et génératif. Maintenant il me surnomme Alex, comme mes amis, mais il n'est pas de mes amis. J'ai beaucoup de filles, croyez-moi, et toutes me dénomment d'un nom différent. L'une me surnomme Bébé, non que j'en sois un, mais parce qu'elle s'occupe de moi. Une autre me surnomme Toute-la-Nuit. Voulez-vous savoir pourquoi? J'ai une fille qui me surnomme Numéraire, parce que j'en dissémine tant avec elle. Elle me pourlèche les babines pour cela. J'ai un frère miniature qui me surnomme Alli. Je ne kife guère ce nom mais comme je le kife beaucoup lui, bon, je lui permets de me surnommer Alli. Quant à son nom, c'est Mini-Igor, mais mon père le surnomme L'Empoté, parce qu'il est toujours à se promener contre les choses. Il y a seulement trois jours précédemment qu'il s'est fait l'œil noir, d'une mauvaise gestion d'un mur de brique. Si vous conjecturez comment peut se dénommer ma chienne, c'est Sammy Davis Junior, Junior. Elle se dénomme ainsi parce que Sammy Davis Junior était le chanteur bien-aimé de mon grand-père et que la chienne est à lui, pas à moi, parce que je ne suis pas celui qui se croit aveugle.

Quant à moi, je fus engendré en 1977, la même année que le héros de cette histoire. En vérité, ma vie a été très ordinaire. Comme je l'ai déjà mentionné, je fais beaucoup de bonnes choses avec moi-même et avec les autres, mais ce sont des choses ordinaires. Je kife les films américains. Je kife les nègres, en particulier Michael Jackson. Je kife de disséminer tant de numéraire dans des boîtes de nuit célèbres d'Odessa. Les Lamborghini Countach sont excellentes, et de même les cappuccinos. Beaucoup de filles veulent être charnelles avec moi dans beaucoup de bonnes configurations, nonobstant le Kangourou Pompette, le Chatouillis à la Gorki, et le Gardien de Zoo Inébranlable. Si vous voulez savoir pourquoi tant de filles veulent être avec moi, c'est parce que je suis très extra comme personne à être avec. Je suis douillet, et aussi gravement drôle, et ce sont des points gagnants. Mais néanmoins, je connais tant de gens qui kifent les voitures rapides et les discothèques célèbres. Il y en a tant qui accomplissent le Badinage des Seins à la Spoutnik – qui se termine toujours par une sous-couche gluante – que je ne peux les répertorier sur toutes mes mains. Il y a même tant de gens qui se dénomment Alex. (Trois rien que dans ma maison !) C'est pourquoi j'étais si effer-

OUVERTURE...

vescent d'aller à Loutsk, faire la traduction pour Jonathan Safran Foer. Ce ne serait pas ordinaire.

J'avais réussi à tombeau ouvert ma deuxième année d'anglais à l'université. C'était une chose très majestueuse que j'avais faite, parce que mon instructeur avait de la merde dans le crâne. Ma mère était tant fière de moi, elle a dit, « Alexi-arrête-de-me-morfondre ! tu m'as rendue tant fière de toi. » Je lui enquis de m'acheter un pantalon de cuir mais elle dit non.

« Un short ? »

« Non. »

Mon père aussi était tant fier. Il dit, « Chapka », et je dis, « Ne me surnomme pas ainsi », et il dit, « Alex, tu as rendu ta mère tant fière. »

Ma mère est une femme humble. Très, très humble. Elle besogne dans un petit café à une heure de distance de notre foyer. Elle présente l'aliment et le boire à des clients et elle me dit, « Je chevauche l'autobus pendant une heure pour aller travailler tout le jour à faire des choses que je déteste. Tu veux savoir pourquoi ? C'est pour toi, Alexi-arrête-de-me-morfondre ! Un jour tu feras pour moi des choses que tu détestes. C'est ce que veut dire être une famille. » Ce qu'elle n'embraye pas, c'est que je fais déjà pour elle des choses que je déteste. Je l'écoute quand elle me parle. Je résiste de me plaindre de mon numéraire de poche pygmée. Et ai-je mentionné que je la morfonds bien moins que je ne le désire ? Mais je ne fais pas ces choses parce que nous sommes une famille. Je les fais parce que c'est un minimum de savoir-vivre. C'est une expression que le héros m'a enseignée. Je les fais parce que je ne suis pas un gros enfoiré. C'est une autre expression que le héros m'a enseignée.

Mon père besogne pour une agence de voyages, dénommée Heritage Touring. Elle est pour les juifs, comme le héros, qui ont des aspirations à quitter ce noble pays l'Amérique pour visiter d'humbles villes en Pologne et en Ukraine. L'agence de mon père calcule un traducteur, un guide et un chauffeur pour les juifs qui essayent de déterrer les endroits où leur famille existait jadis. Bon, je n'avais jamais rencontré de personne juive jusqu'au voyage. Mais c'était leur faute, pas la mienne, parce que j'avais toujours voulu, on pourrait même écrire, avec tiédeur, en rencontrer une. Je serai véridique encore une fois, et je mentionnerai qu'avant le voyage j'avais l'opinion que les juifs ont de la merde dans le crâne. C'est parce que tout ce que je savais des juifs était qu'ils payaient à mon père tant de numéraire pour venir d'Amérique passer des vacances en Ukraine. Mais après j'ai rencontré Jonathan Safran Foer et je vous le dis il n'a pas de merde dans le crâne. C'est un juif ingénieux.

Quant à L'Empoté, que jamais, jamais, je ne surnomme L'Empoté mais toujours Mini-Igor, c'est un garçon de premier ordre. Il est maintenant évident pour moi qu'il deviendra un homme très puissant et génératif et que son cerveau aura tant de muscles. Nous ne parlons pas en volumes, parce que c'est une personne si silencieuse, mais je suis certain que nous sommes amis et je ne crois pas que je mentirais en écrivant que nous sommes des amis suprêmes. J'ai précepté Mini-Igor pour lui apprendre à être un homme qui connaît les usages de notre monde. Par un exemple, je lui ai exhibé un magazine cochon voilà trois jours jadis, pour qu'il soit prévenu des nombreuses configurations dans lesquelles je suis charnel. « C'est le soixante-neuf », lui dis-je en présentant le magazine devant lui. Je mis mes doigts – deux – sur l'action pour qu'il ne la néglige pas. « Pourquoi on le surnomme soixante-neuf ? » demanda-t-il parce que c'est une personne sur les charbons ardents de curiosité. « On l'a inventé en 1969. Mon ami Gregory connaît un ami du neveu de l'inventeur. » « Qu'est-ce que les gens faisaient avant 1969 ? » « Seulement des pipes et de la mastication de mottes mais jamais en chœur. » Il sera fait un VIP si j'ai mon mot à dire.

C'est ici que l'histoire commence.

Mais d'abord j'ai le fardeau de réciter ma bonne apparence. Je suis catégoriquement grand. Je ne connais aucune femme qui est plus grande que moi. Les femmes que je connais qui sont plus grandes que moi sont des lesbiennes, pour qui 1969 fut une année très considérable. J'ai de belles chevelures, qui sont rayées par le milieu. C'est parce que ma mère les rayait sur le côté quand j'étais petit, et pour la morfondre je les raye par le milieu. « Alexi-arrête-de-me-morfondre ! dit-elle. Tu parais mentalement déséquilibré avec tes chevelures rayées ainsi. » Ce n'est pas ce qu'elle intentionne, je le sais. Très souvent ma mère prononce des choses que je sais qu'elle n'intentionne pas. J'ai un sourire aristocratique et j'aime donner des coups de poing aux gens. Mon abdomen est très fort bien que présentement il manque de muscles. Mon père est un gros et ma mère aussi. Cela ne me trouble pas, parce que mon abdomen est très fort, même s'il paraît très gras. Je décrirai mes yeux puis je commencerai l'histoire. Mes yeux sont bleus et resplendissants. Maintenant je commencerai l'histoire.

Mon père obtint un appel téléphonique du bureau américain d'Heritage Touring. On requérait un chauffeur guide et traducteur pour un jeune homme qui serait à Loutsk à l'aube du mois de juillet. C'était une supplique embarrassante parce qu'à l'aube de juillet, l'Ukraine devait célébrer le premier anniversaire de sa Constitution ultramoderne qui nous fait sentir très nationalistes, et que tant de gens seraient en vacances dans des endroits étrangers. C'était une situation impossible, comme les Jeux olympiques de 1984. Mais mon père est un homme surimpressionnant qui obtient toujours ce qu'il désire. « Chapka, me dit-il au téléphone à moi qui étais chez nous à me délecter du plus génial de tous les documentaires, le *Making of de* Thriller, quelle était la langue que tu as étudiée cette année à l'école ? » « Ne me surnomme pas Chapka », dis-je. « Alex, dit-il, quelle était la langue que tu as étudiée cette année à l'école ? » « La langue de l'anglais », lui dis-je. « Es-tu bel et bon dans cette langue ? » me demanda-t-il. « Je suis coulant », lui dis-je, espérant peut-être le rendre assez fier pour m'acheter les housses de siège en peau de zèbre de mes rêves. « Excellent, Chapka », dit-il. « Ne me surnomme pas ainsi », dis-je. « Excellent, Alex. Excellent. Tu dois nullifier tous les projets que tu possèdes pour la première semaine du mois de juillet. » « Je ne possède aucun projet », lui dis-je. « Si, tu en possèdes », dit-il.

C'est maintenant le moment bienséant de mentionner grand-père, qui est lui aussi un gros, mais encore plus gros que mes parents. Bon, je vais le mentionner. Il a des dents en or et cultive d'amples chevelures sur son visage qu'il peigne au crépuscule de chaque jour. Il a besogné pendant cinquante ans à de nombreux emplois, principalement l'agriculture et, plus tard, la manutention de machines. Son emploi final était à Heritage Touring où il commença à besogner dans les années 1950 et persévéra jusqu'à ces derniers temps. Mais maintenant, il est retardé et vit dans notre rue. Ma grand-mère est morte deux années jadis d'un cancer dans son cerveau et grand-père devint très mélancolique et aussi, dit-il, aveugle. Mon père ne le croit pas, mais acheta Sammy Davis Junior, Junior pour lui néanmoins, parce qu'une chienne Voyante de Non-Voyant n'est pas seulement pour les aveugles mais pour les gens qui aspirent avec ardeur au négatif de la solitude. (Je n'aurais pas dû utiliser « acheta », parce que en vérité mon père n'acheta pas Sammy Davis Junior, Junior mais la reçut seulement du foyer des chiens oublieux. À cause de cela, elle n'est pas une vraie chienne Voyante de Non-Voyant et est aussi mentalement dérangée.) Grand-père disperse la plupart de la journée chez nous, à voir la télévision. Il me hurle souvent. « Sacha ! hurle-t-il. Sacha, ne sois pas si paresseux ! Ne sois pas si vaurien ! Fais quelque chose ! Fais quelque chose de valable ! » Je ne le riposte jamais, et jamais ne le morfonds par intention et jamais je ne comprends ce que valable veut dire. Il n'avait pas l'habitude inappétissante de hurler Mini-Igor et moi avant la mort de grand-mère. Voilà comment nous sommes certains qu'il ne le fait pas exprès, et c'est pourquoi nous pouvons le pardonner. Je l'ai découvert une fois qui pleurait devant la télévision. (Jonathan, cette partie sur grand-père doit rester parmi toi et moi, oui ?) La météorologie s'exhibait, j'étais donc certain que ce n'était pas quelque chose de mélancolique à la télévision qui le faisait pleurer. Je ne l'ai jamais mentionné, parce que c'est un minimum de savoir-vivre de ne pas le mentionner.

Grand-père s'appelle Alexandre aussi. Supplémentairement, mon père aussi. Nous sommes tous les enfants primogénitoires de notre famille, ce qui nous apporte un honneur prodigieux, à l'échelle du sport de baseball, qui fut inventé en Ukraine. Je dénommerai mon premier enfant Alexandre. Si vous voulez savoir ce qui arrivera si mon premier enfant est une fille, je vais vous le dire. Il ne sera pas une fille. Grand-père fut engendré à Odessa en 1918. Il ne s'est jamais départi d'Ukraine. Le plus loin qu'il ait jamais voyagé était Kiev, et c'était pour quand mon oncle épousa La Vache. Quand j'étais petit, grand-père préconisait qu'Odessa est la plus belle ville du monde, parce que la vodka est bon marché et aussi les femmes. Il manufacturait des drôleries avec grand-mère avant qu'elle meure à propos qu'il était amoureux d'autres femmes qui n'étaient pas elle. Elle savait que c'était seulement des drôleries parce qu'elle riait en volumes. « Anna, disait-il, je vais marier celle qui a le chapeau rose. » Et elle disait, « À qui vas-tu la marier ? » Et il disait, « À moi. » Je riais beaucoup sur le siège arrière, et elle lui disait, « Mais tu n'es pas curé. » Et il disait, « Aujourd'hui si. » Et elle disait, « Aujourd'hui tu crois en Dieu ? » Et il disait, « Aujourd'hui, je crois en l'amour. » Mon père me commanda de ne jamais mentionner grand-mère à grand-père. « Ça le fera mélancolique, Chapka », disait mon père. « Ne me surnomme pas ainsi », disais-je. « Ça le fera mélancolique, Alex, et ça le fera penser qu'il est encore plus aveugle. Il faut qu'il oublie. » Donc, je ne la mentionne jamais, parce qu'à moins de ne pas vouloir, je fais ce que mon père me dit de faire. Et aussi, c'est un cogneur de premier ordre.

Après m'avoir téléphoné, mon père téléphona grand-père pour l'informer qu'il serait le chauffeur de notre voyage. Si vous voulez savoir qui serait le guide, la réponse est qu'il n'y aurait pas de guide. Mon père dit qu'un guide n'était pas une chose indispensable, parce que grand-père savait une robuste quantité à cause de toutes ses années à Heritage Touring. Mon père le préconisa un expert. (Au moment où il le dit, cela semblait une chose très raisonnable à dire. Mais quel est ton sentiment, Jonathan, à la luminescence de tout ce qui s'est produit ?)

Quand nous trois, les trois hommes dénommés Alex, nous rassemblâmes chez mon père ce soir-là pour

OUVERTURE...

converser le voyage, grand-père dit, « Je ne veux pas le faire. Je suis retardé, et je n'ai pas pris mon retardement pour avoir à accomplir des merdes de ce genre. J'en ai fini. » « Peu m'importe ce que tu veux », lui dit mon père. Grand-père cogna du poing sur la table avec beaucoup de violence et hurla, « N'oublie pas qui est qui ! » Je pensai que ce serait la fin de la conversation. Mais mon père dit quelque chose de bizarre. « S'il te plaît. » Et puis il dit quelque chose de plus bizarre encore. Il dit, « Papa. » Je dois confesser qu'il y a beaucoup que je ne comprends pas. Grand-père retourna à son fauteuil et dit, « C'est le dernier. Je ne le ferai plus jamais. »

Donc nous fîmes des combinaisons pour procurer le héros à la gare de Lvov le 2 juillet, à quinze heures de l'après-midi. Ensuite, nous serions pendant deux jours dans la zone de Loutsk. « Loutsk ? dit grand-père. Tu n'avais pas dit que c'était Loutsk. » « C'est Loutsk », dit mon père. Grand-père devint dans ses pensées. « Il cherche la ville dont son grand-père venait, dit mon père, et quelqu'un, qu'il appelle Augustine, qui a sauveté son grand-père de la guerre. Il désire écrire un livre sur le village de son grand-père. » « Ah, dis-je, donc il est intelligent ? » « Non, corrigea mon père. Il a un cerveau de troisième ordre. Le bureau américain m'informe qu'il leur téléphone tous les jours pour manufacturer de nombreuses questions mi-débiles sur la possibilité de trouver des aliments correspondants. » « Il y aura certainement de la saucisse », dis-je. « Bien sûr, dit mon père. C'est un mi-débile. » Ici, je répéterai que le héros est un très ingénieux juif. « Où est la ville ? » demandai-je. « Le nom de la ville est Trachimbrod. » « Trachimbrod ? » demanda grand-père. « C'est à cinquante kilomètres près de Loutsk, dit mon père. Il possède une carte et est très optimiste des coordonnées. Cela devrait être simple. »

Grand-père et moi contemplâmes la télévision pendant plusieurs heures après que mon père était allé reposer. Nous sommes tous les deux des gens qui restent conscients très tardifs. (J'étais à portée de main d'écrire que nous adorons tous les deux rester conscients tardifs mais cela n'est pas digne de foi.) Nous contemplâmes une émission de télévision américaine qui avait les mots en russe en bas de l'écran. C'était au sujet d'un chinetoque qui était débrouillard avec un bazooka. Nous contemplâmes aussi le bulletin météorologique. Le météorologiste dit que la météorologie serait très anormale le lendemain mais que le lendemain après ça serait normal. Parmi grand-père et moi était un silence qu'on aurait pu couper avec un cimeterre. Le seul moment où l'un ou l'autre parla fut quand il fit une rotation vers moi durant une publicité pour les McPorkburgers de McDonald's pour dire, « Je ne veux pas conduire pendant dix heures jusqu'à une ville affreuse pour m'occuper d'un juif trop gâté. »

Le commencement du monde arrive souvent

Ce fut le 18 mars 1791 que le chariot à double essieu de Trachim B le coinça, ou ne le coinça pas, au fond de la rivière Brod. Les jeunes jumelles W furent les premières à voir les curieuses épaves qui remontaient à la surface : serpents errants de ficelle blanche, un gant de velours frappé aux doigts étendus, bobines vides, pince-nez boueux, framboises, mûroises, fèces, fanfreluches, les éclats d'un vaporisateur brisé, les lignes tracées à l'encre rouge comme du sang d'une résolution : *Je m'engage... je m'engage...*

Hannah fondit en larmes. Chana entra dans l'eau froide, tirant sur les cordons qui nouaient le bas de ses pantalons pour les retrousser au-dessus du genou, s'ouvrant un chemin à travers ces débris de vie à mesure qu'elle pataugeait plus avant. *Qu'est-ce que vous fabriquez là-bas !* lança l'usurier couvert d'opprobre Yankel D, faisant gicler sous ses pas la boue de la berge en clopinant vers les fillettes. Il tendit une main à Chana tandis que de l'autre il cachait, comme toujours, la boule de boulier accusatrice qu'il était contraint par une proclamation du shtetl de porter à une cordelette autour du cou. *Éloignez-vous de l'eau ! Vous allez vous faire mal !*

Le bon marchand de carpes farcies Bitzl Bitzl R observait cette agitation depuis sa barque qui était amarrée par un filin à l'une de ses nasses. *Qu'est-ce qui se passe là-bas ?* vociféra-t-il vers la berge. *C'est toi, Yankel ? Y a-t-il des ennuis ?*

C'est les jumelles du Rabbin Bien Considéré, lança Yankel en réponse. *Elles jouent dans l'eau et j'ai peur qu'elles se fassent mal !*

Il remonte les choses les plus insolites ! Chana riait, éclaboussant la masse qui poussait comme un jardin autour d'elle. Elle repêcha les mains d'une poupée et les aiguilles d'une horloge. Des baleines de parapluie. Une clé. Ces articles s'élevaient sur les couronnes de bulles qui éclataient quand elles atteignaient la surface. L'à peine cadette et la moins prudente des jumelles passait ses doigts en râteau à travers l'eau et y repêchait chaque fois quelque chose de nouveau : un petit moulin jaune, un miroir de poche boueux, les pétales de quelque myosotis naufragé, de la vase et du poivre noir broyé, un paquet de graines...

Mais sa sœur à peine aînée et plus prudente, Hannah – identique en tout point sauf les poils qui reliaient ses sourcils – l'observait de la berge en pleurant. L'usurier couvert d'opprobre Yankel D la prit dans ses bras, lui pressa la tête contre sa poitrine et murmura, *Là... là...* et cria à Bitzl Bitzl : *Rame jusque chez le Rabbin Bien Considéré et ramène-le avec toi. Ramène aussi Menasha le médecin et Isaac l'homme de loi. Vite !*

Le hobereau fou Sofiowka N, dont le shtetl prendrait plus tard le nom pour les cartes et pour les registres du recensement mormon, surgit de derrière un arbre. *J'ai vu tout ce qui s'est passé,* dit-il d'un ton hystérique. *J'ai été témoin de tout. Le chariot allait trop vite pour ce chemin de terre – la seule chose qui soit pire que d'être en retard à ses propres noces est d'être en retard aux noces de la fille qui aurait dû être votre épouse – et il a versé soudain, et si telle n'est pas l'exacte vérité, alors le chariot n'a pas versé de lui-même mais a été lui-même renversé par un vent de Kiev ou d'Odessa ou de je ne sais où, et si cela ne semble pas parfaitement juste, alors il s'est passé ceci – et je suis prêt à en jurer sur mon nom blanc comme lys – un ange aux ailes emplumées de pierres tombales est descendu des cieux pour emporter Trachim avec lui, car Trachim valait mieux que ce monde. C'est l'évidence, qui ne vaut mieux ? Tous, nous valons mieux que les autres.*

Trachim ? demanda Yankel, laissant Hannah tripoter la boule accusatrice. *Trachim n'était-il pas le cordonnier de Loutsk qui mourut voilà six mois d'une pneumonie ?*

Regardez ça ! lança Chana en gloussant, brandissant au-dessus de sa tête le valet de cunnilingus d'un jeu de cartes obscène.

Non, dit Sofiowka. *Cet homme s'appelait Trachum avec un* u. *Celui-ci, c'est avec un* i. *Et ce Trachim mourut la Nuit de la Plus Longue Nuit. Non, attendez. Non, attendez. Il mourut d'être un artiste.*

Et ça ! Chana glapissait de joie, brandissant une carte fanée de l'univers.

Sors de l'eau ! lui hurla Yankel, élevant plus la voix qu'il ne l'eût souhaité pour s'adresser à la fille du Rabbin Bien Considéré, ou d'ailleurs à toute jeune fille. *Tu vas te faire mal !*

Chana courut jusqu'à la berge. Les profondeurs de l'eau verte obscurcirent le zodiaque à mesure que la carte des étoiles coulait vers le fond de la rivière pour venir se poser comme un suaire sur le chanfrein du cheval.

Les volets des fenêtres du shtetl s'ouvraient peu à peu sur cette agitation (la curiosité étant l'unique chose que partageaient tous les citoyens). L'accident s'était produit au niveau des petites chutes – la partie de la berge qui marquait à l'époque la division du shtetl en deux sections, le Quart juif et les Trois-Quarts d'humanité. Toutes les activités dites sacrées – études religieuses, abattage casher, marchandage, etc. – étaient confinées dans le Quartier juif. Les activités qui tenaient au train-train de l'existence quotidienne – études séculières, justice communale, achats et ventes, etc. – avaient lieu dans les Trois-Quartiers humains. À cheval sur les deux, se dressait la Synagogue Verticale. (L'arche elle-même était bâtie le long de la ligne de fracture Juif/Humain, de façon à ce que l'un des deux rouleaux de la Torah existât dans l'une des deux zones.) À mesure que les parts respectives du sacré et du séculier se modifiaient – guère plus d'ordinaire que de l'épaisseur d'un cheveu dans telle ou telle direction, en dehors de cette heure exceptionnelle de 1764 qui suivit immédiatement le Pogrom des Coulpes Battues, au cours de laquelle le shtetl fut complètement séculier –, la ligne de fracture se déplaçait d'autant, tracée à la craie de la forêt de Radziwell à la rivière. Et de même la synagogue était-elle soulevée et déplacée. Ce fut en 1783 qu'on y adjoignit des roues, diminuant ainsi le côté assommant de cette négociation perpétuelle entre la juiverie et l'humanité du shtetl.

Je crois savoir qu'il y a eu un accident, dit, tout pantelant, Shloim W, l'humble marchand d'antiquités qui survivait de la charité publique, incapable de se séparer d'un seul de ses chandeliers, d'une seule de ses figurines et d'un seul de ses sabliers depuis la mort prématurée de son épouse.

Comment l'as-tu su ? demanda Yankel.

Bitzl Bitzl me l'a crié de sa barque en allant chercher le Rabbin Bien Considéré. J'ai frappé à toutes les portes que j'ai pu en venant ici.

Bien, dit Yankel. *Il va nous falloir une proclamation du shtetl.*

Est-on sûr qu'il est mort ? demanda quelqu'un.
Tout à fait, assura Sofiowka. *Aussi mort qu'avant la rencontre de ses parents. Voire plus mort, car du moins était-il alors une balle dans la verge de son père et un vide dans le ventre de sa mère.*
Avez-vous tenté de le secourir ? demanda Yankel.
Non.
Couvre-leur les yeux, dit Shloim à Yankel en désignant du geste les fillettes. Il se dévêtit à la hâte – révélant un ventre plus gros que la plupart et un dos couvert d'une épaisse toison de boucles noires – et plongea dans l'eau. Les ailes déployées de l'eau l'engloutirent dans des remous de plumes. Perles désenfilées, dents déchaussées. Caillots de sang, merlot, éclats d'un lustre de cristal. Les débris qui s'élevaient devinrent de plus en plus denses au point qu'il ne voyait plus ses mains devant lui. *Où ? Où ?*
L'as-tu trouvé ? demanda l'homme de loi Isaac M quand Shloim refit enfin surface. *Sait-on précisément depuis combien de temps il est au fond ?*
Était-il seul ou avec une épouse ? demanda l'affligée Shanda T, veuve du défunt philosophe Pinchas T qui, dans son unique article digne d'intérêt, « À la poussière : Tu n'es qu'homme et tu retourneras à l'homme », avait soutenu qu'il serait possible, en théorie, de renverser le rapport de l'art et de la vie.
Un vent puissant balaya le shtetl, le faisant siffler. Ceux qui étudiaient des textes obscurs dans des pièces chichement éclairées levèrent les yeux. Les amants qui tentaient de se racheter en débitant excuses, compromis et promesses se turent. Le fabricant de bougies solitaire Mordechai C engloutit ses mains dans une cuve de cire chaude et bleue.
Oui, il avait une épouse, intervint Sofiowka, plongeant la main gauche dans les profondeurs de sa poche

de pantalon. *Je me la rappelle fort bien. Elle possédait une paire de nichons si voluptueux. Dieu, les beaux nichons qu'elle avait. Qui pourrait les oublier ? Ils étaient, oh mon Dieu, ils étaient beaux. J'échangerais tous les mots que j'ai appris depuis pour retrouver ma jeunesse, oh oui, oui, et téter tout mon soûl ces tétons. Et comment ! Et comment !*

Comment savez-vous ces choses ? demanda quelqu'un.

J'étais allé à Rivne jadis, enfant, faire une course pour mon père. C'était chez ce Trachim. Son nom de famille m'échappe mais je me rappelle fort bien que c'était Trachim avec un i, et qu'il avait une jeune épouse avec une belle paire de nichons, un petit appartement plein de bibelots et une cicatrice de l'œil à la bouche, ou de la bouche à l'œil. L'un ou l'autre.

TU AS PU VOIR SON VISAGE ALORS QU'IL PASSAIT EN CHARIOT ? demanda le Rabbin Bien Considéré de sa voix tonnante tandis que ses filles couraient se cacher sous les coins opposés de son châle de prière. *LA CICATRICE ?*

Et puis, aïe aïe aïe, je l'ai revu quand j'étais jeune homme et que je m'évertuais à Lvov. Trachim livrait des pêches, si je me rappelle bien, ou peut-être des prunes, à un collège de filles de l'autre côté de la rue. Ou était-il facteur ? Oui, c'étaient des lettres d'amour.

Évidemment, il n'est plus possible qu'il soit encore vivant, dit Menasha le médecin, ouvrant sa trousse médicale. Il en tira de nombreux feuillets de constats de décès qui furent emportés par une autre brise et expédiés dans les arbres. Certains tomberaient avec les feuilles en septembre de cette année-là. D'autres tomberaient avec les arbres, des générations plus tard.

Et même s'il était vivant, nous ne pourrions pas le dégager, dit Shloim qui se séchait derrière un gros rocher. *Il sera impossible d'atteindre le chariot avant que tout son chargement soit remonté.*

IL FAUT FAIRE UNE PROCLAMATION DU SHTETL, proclama le Rabbin Bien Considéré, mettant dans le tonnerre de sa voix toute l'autorité qu'il put trouver.

Alors, quel était exactement son nom ? demanda Menasha en portant sa plume à la langue.

Peut-on dire avec certitude qu'il avait une épouse ? demanda l'affligée Shanda en se touchant le cœur de la main.

Les fillettes ont-elles vu quelque chose ? demanda Avrum R, le lapidaire (qui ne portait pas de bague lui-même alors que le Rabbin Bien Considéré lui avait promis qu'il connaissait une jeune femme à Lodz qui pourrait le rendre heureux [à jamais]).

Les fillettes n'ont rien vu, dit Sofiowka. *J'ai vu qu'elles n'avaient rien vu.*

Et les jumelles, toutes deux cette fois, se mirent à pleurer.

Mais nous ne pouvons nous en remettre entièrement à sa parole, dit Shloim avec un geste vers Sofiowka, qui lui rendit la pareille en un geste de son cru.

N'interrogez pas les fillettes, dit Yankel. *Laissez-les tranquilles. Elles en ont supporté assez.*

Entre-temps, la presque totalité des quelque trois cents citoyens du shtetl s'était rassemblée pour débattre de ce dont ils ne savaient rien. Moins il ou elle en savait, plus le citoyen ou la citoyenne discutait avec passion. Il n'y avait là rien de nouveau. Un mois auparavant, il y avait eu la question du *bagel*, le message transmis aux enfants serait-il amélioré si l'on en bouchait, en définitive, le trou central. Deux mois encore auparavant, il y avait eu le débat cruel et comique sur la question typographique et, avant cela, la question de l'identité polonaise, qui en avait conduit plus d'un à pleurer, plus d'un à rire, et tous à poser d'autres questions encore. Et il viendrait encore d'autres questions à débattre, puis d'autres après celles-là. Des questions depuis le commencement des temps – quand que cela pût être – jusqu'à la fin des temps – à quelque moment qu'elle pût se produire. De la cendre ? À la cendre ?

PEUT-ÊTRE, dit le Rabbin Bien Considéré élevant les mains encore plus haut et tonitruant plus encore, *N'AVONS-NOUS PAS À RÉGLER LA QUESTION DU TOUT. ET SI NOUS NE REMPLISSIONS PAS DE CONSTAT DE DÉCÈS ? SI NOUS DONNIONS AU CORPS UNE SÉPULTURE DÉCENTE, BRÛLIONS TOUT CE QUE L'EAU REJETTERA SUR LA BERGE ET LAISSIONS LA VIE CONTINUER FACE À CETTE MORT ?*

Mais il nous faut une proclamation du shtetl, dit Froida Y, le confiseur.

Pas si le shtetl proclame qu'il n'en faut pas, corrigea Isaac.

Peut-être devrions-nous tenter de contacter son épouse, dit Shanda l'affligée.

Peut-être devrions-nous commencer à rassembler les restes, dit Eliezar Z, le dentiste.

Et dans l'entrecroisement de la discussion, la voix de la jeune Hannah passa presque inaperçue quand, sortant la tête de dessous le pan frangé du châle de prière paternel, elle dit :

Je vois quelque chose.

QUOI ? demanda son père, faisant taire les autres. *QUE VOIS-TU ?*

Là-bas, montrant du doigt l'eau écumante.

Au milieu de la ficelle et des plumes, entourée de bougies et d'allumettes détrempées, de supions, de pions et de glands de soie ondulant en révérences de méduses, il y avait une fillette nouveau-née, encore couverte de mucosités, rose encore comme l'intérieur d'une prune.

Les jumelles cachèrent leur corps sous le châle de leur père comme des fantômes. Le cheval au fond de la rivière, sous le linceul du ciel nocturne qui avait coulé, ferma ses yeux lourds. La fourmi préhistorique de la bague de Yankel, qui gisait immobile dans l'ambre couleur de miel depuis longtemps avant que Noé eût cloué la première planche, cacha sa tête entre ses nombreuses pattes, honteuse.

La loterie, 1791

Bitzl Bitzl R put récupérer le chariot quelques jours plus tard avec l'aide d'un groupe d'hommes vigoureux de Kolki. Et ses nasses connurent plus d'animation que jamais. Mais en triant les restes, on ne trouva pas de corps. Pendant les cent cinquante années qui suivirent, le shtetl fut le théâtre d'un concours annuel pour « retrouver » Trachim, bien qu'une proclamation du shtetl eût supprimé la récompense en 1793 – conformément à l'avis de Menasha selon lequel un cadavre ordinaire commencerait à se rompre au bout de deux années passées dans l'eau, de telle sorte que la recherche ne serait pas seulement inutile, mais risquait de résulter en trouvailles assez répugnantes et, pire encore, en récompenses multiples – et le concours devint plutôt un festival pour lequel la lignée des boulangers irritables P allaient créer des pâtisseries de circonstance et les filles du shtetl s'habiller comme les jumelles étaient vêtues le jour du drame, en pantalons de laine noués de cordons et blouse de toile à col papillon frangé de bleu. Des hommes venaient de distances considérables pour plonger récupérer les sacs de coton que la Reine du Char jetait dans la Brod et qui tous à l'exception d'un seul, le sac d'or, étaient remplis de terre.

Il y en avait pour penser que Trachim ne serait jamais retrouvé, que le courant avait accumulé assez de sédiments sur lui pour enterrer convenablement son corps. Ceux-là posaient des cailloux sur la berge quand ils faisaient leur tournée mensuelle du cimetière, disant des choses comme :

*Pauvre Trachim, je ne le connaissais pas bien
mais j'aurais certainement pu*

ou

*Tu me manques, Trachim. Je ne t'ai jamais
rencontré et pourtant tu me manques*

ou

Repose, Trachim, repose. Et protège notre moulin.

Il y en avait pour soupçonner qu'il n'avait pas été coincé sous son chariot mais emporté jusqu'à la mer, les secrets de sa vie à jamais enclos en lui comme un message d'amour dans une bouteille que retrouverait un matin à l'improviste un couple en promenade amoureuse sur la plage. Il est possible qu'il ait été, ou qu'une partie de lui ait été, déposés sur les sables de la mer Noire, ou à Rio, ou qu'il ait fait tout le voyage jusqu'à Ellis Island.

Ou peut-être une veuve le retrouva-t-elle pour l'emmener chez elle : lui acheter un fauteuil, changer son gilet tous les matins, le raser jusqu'à ce que sa barbe cesse de pousser, l'emmener fidèlement au lit avec elle chaque soir, lui chuchoter de doux petits riens dans ce qu'il lui restait d'oreilles, rire avec lui en buvant du café noir, pleurer avec lui en regardant des photos jaunies, parler naïvement d'avoir des enfants à elle, commencer à souffrir de son absence avant de tomber malade, tout lui laisser par testament, ne penser qu'à lui en mourant, ayant toujours su qu'il n'était qu'une fiction mais ayant cru en lui tout de même.

Certains avançaient qu'il n'y avait pas eu de corps du tout. Trachim voulait être mort sans être mort, le maître-filou. Il avait empli un chariot de tout ce qu'il possédait, l'avait conduit à ce shtetl insignifiant, innommé – qui serait bientôt connu à travers toute la Pologne orientale pour son festival annuel, le Jour de Trachim, et porterait son nom comme un orphelin (à l'exception des cartes et des registres du recensement mormon, pour lesquels il serait Sofiowka) –, avait flatté son cheval innommé d'une dernière tape avant de le pousser dans le courant. Fuyait-il une dette ? Quelque mariage arrangé et défavorable ? Des mensonges qui l'avaient rattrapé ? Sa mort était-elle une étape essentielle de la poursuite de sa vie ?

Bien sûr il y a ceux qui rappelaient la folie de Sofiowka, l'habitude qu'il avait de s'asseoir nu dans la fontaine de la sirène couchée pour caresser les écailles de son popotin comme la fontanelle d'un nouveau-né tout en caressant son propre appendice comme s'il n'y avait aucun mal à se branler n'importe où, n'importe quand. Ou le fait qu'on l'avait un jour retrouvé sur la pelouse devant la maison du Rabbin Bien Considéré, ligoté de ficelles blanches, expliquant qu'il s'était enroulé une ficelle autour de l'index pour se rappeler quelque chose de terriblement important puis, craignant d'oublier son index, il s'était ligoté le petit doigt, puis de la taille au cou, et craignant d'oublier cette ficelle-là, il s'en était entortillé une de l'oreille à la dent, de la dent au scrotum, du scrotum au talon, utilisant son corps pour se rappeler son corps mais ne s'étant rappelé pour finir que la ficelle. Peut-on se fier au récit d'un tel individu ?

Et le nourrisson ? Mon arrière-arrière-arrière-arrière-arrière-grand-mère ? C'est un problème plus délicat, car il est relativement facile de raisonner sur la façon dont une vie peut être perdue dans une rivière, mais qu'une vie puisse en surgir ?

Harry V, maître logicien et pervers attitré du shtetl – qui avait travaillé aussi longtemps et avec aussi peu de succès qu'on peut l'imaginer à son grand œuvre, « Le Seigneur des Ascensions », qui, assurait-il, contenait les plus serrées des preuves logiques de ce que Dieu aime sans discrimination celui qui aime sans discrimination –, produisit une interminable suite d'arguments concernant la présence d'une autre personne dans le chariot fatal : l'épouse de Trachim. Peut-être, supputait Harry, avait-elle perdu les eaux tandis que le couple pique-niquait d'œufs à la diable dans une prairie entre deux shtetls, et peut-être Trachim avait-il lancé son chariot à des vitesses dangereuses afin de l'amener à un médecin avant que le bébé ne sorte en se tortillant comme un poisson palpitant échappe à la poigne d'un pêcheur. Comme elle s'engloutissait dans les lames de fond de ses contractions, Trachim, tourné vers son épouse, avait peut-être posé sa main calleuse sur son doux visage, peut-être avait-il quitté des yeux la route creusée d'ornières et peut-être avait-il par inadvertance versé dans la rivière. Peut-être le chariot s'était-il retourné, enfonçant les corps sous son poids, et peut-être, entre le dernier soupir de sa mère et l'ultime tentative de son père pour se dégager, l'enfant était-elle née. Peut-être. Mais même Harry ne pouvait expliquer l'absence de cordon ombilical.

Les Volutes d'Ardisht – ce clan d'artisans fumeurs de Rivne qui fumaient tant qu'ils fumaient même quand ils n'étaient pas en train de fumer et avaient été condamnés par une proclamation du shtetl à vivre sur les toits comme poseurs de bardeaux et ramoneurs – croyaient que mon arrière-arrière-arrière-arrière-arrière-grand-mère était la réincarnation de Trachim. À l'instant du jugement dans l'autre monde, comme son corps amolli était présenté devant le Gardien des Portes glorieuses et barbelées, quelque chose s'était mal passé. Il restait une affaire pendante. L'âme n'était pas prête pour la transcendance et avait été renvoyée, se voyant offrir une chance encore de redresser le tort d'une génération précédente. C'est absurde, bien sûr, ça n'a pas de sens. Mais ni plus ni moins que tout le reste.

Plus soucieux de l'avenir de la petite que de son passé, le Rabbin Bien Considéré n'offrit d'interprétation officielle de ses origines ni pour le shtetl ni pour le *Livre des antécédents*, mais la prit chez lui et s'en rendit responsable jusqu'à ce que l'on eût décidé de lui attribuer un foyer définitif. Il l'emmena à la Synagogue Verticale – car, jurait-il, pas même un bébé ne devait mettre le pied à la Synagogue Avachie (où qu'elle pût bien se trouver ce jour-là) – et installa son berceau de fortune dans l'arche tandis que les hommes en long habit noir s'époumonaient à vociférer des prières. *SAINT, SAINT, SAINT EST LE SEIGNEUR DES ARMÉES INNOMBRABLES ! LE MONDE ENTIER EST EMPLI DE SA GLOIRE !*

Ceux qui fréquentaient la Synagogue Verticale hurlaient ainsi depuis plus de deux cents ans, depuis que le Rabbin Vénérable avait éclairé de ses lumières le fait que nous sommes sans cesse en train de nous noyer et que nos prières ne sont rien de moins que des appels au secours venus du plus profond des eaux spirituelles. *ET SI NOTRE SORT EST SI DÉSESPÉRÉ*, disait-il (commençant toujours ses phrases par « et » comme si ce qu'il exprimait verbalement était une continuation logique de ses pensées intimes), *NE DEVONS-NOUS PAS NOUS COMPORTER EN CONSÉQUENCE ? ET N'EST-IL PAS JUSTE QUE NOTRE VOIX SOIT CELLE DE GENS DÉSESPÉRÉS ?* Aussi hurlaient-ils, et avaient-ils hurlé ainsi tout au long des deux cents ans qui avaient suivi.

Et ils hurlaient pour l'heure, ne laissant jamais au nourrisson un instant de repos, suspendus – une main sur le livre de prière, l'autre agrippée à une corde – à des poulies qui s'accrochaient à leur ceinture, le sommet de leur chapeau noir effleurant le plafond. *ET SI NOUS ASPIRONS À NOUS RAPPROCHER DE DIEU*, avait éclairé de ses lumières le Rabbin Vénérable, *NE DEVONS-NOUS PAS AGIR EN CONSÉQUENCE ? ET NE DEVONS-NOUS PAS NOUS EN RAPPROCHER ?* Ce qui était assez raisonnable. Ce fut une veille de Yom Kippour, le plus saint des jours saints, qu'une mouche entra sous la porte de la synagogue et se mit à importuner la congrégation suspendue. Elle volait de visage en visage en bourdonnant, se posant sur de longs nez, entrant dans des oreilles poilues pour en ressortir. *ET SI C'EST UNE ÉPREUVE*, éclaira de ses lumières le Rabbin Vénérable, s'efforçant de maintenir la cohésion de sa congrégation, *NE DEVONS-NOUS PAS RELEVER LE DÉFI ? ET JE VOUS EN CONJURE : ÉCRASEZ-VOUS SUR LE SOL AVANT DE LÂCHER LE SAINT LIVRE !*

Mais que cette mouche était importune, chatouillant comme elle le faisait certains des endroits les plus chatouilleux. *ET DE MÊME QUE DIEU DEMANDA À ABRAHAM DE MONTRER À ISAAC LA POINTE DU COUTEAU, DE MÊME NOUS DEMANDE-T-IL DE NE PAS NOUS GRATTER LE CUL ! ET S'IL LE FAUT ABSOLUMENT, ALORS ET COÛTE QUE COÛTE, QUE CE SOIT DE LA MAIN GAUCHE !*

La moitié d'entre eux fit ainsi que le Rabbin Vénérable avait éclairé de ses lumières et lâcha la corde avant le Saint Livre. C'étaient les ancêtres des membres de la communauté de la Synagogue Verticale, qui persistèrent pendant deux cents ans à affecter une démarche claudicante, pour se rappeler – ou, plus important encore, pour rappeler aux autres – leur réaction à L'Épreuve : que la Parole Sacrée avait prévalu. (*EXCUSE-MOI, RABBIN,*

MAIS DE QUELLE PAROLE AU JUSTE S'AGIT-IL ?
Le Rabbin Vénérable frappa son disciple de l'extrémité contondante d'un yad : *ET S'IL FAUT QUE TU LE DEMANDES ! ?)* Certains Verticalistes allaient jusqu'à refuser de marcher tout de bon, signe d'une chute plus spectaculaire encore. Ce qui signifiait bien sûr qu'ils ne pouvaient se rendre à la synagogue. *C'EST EN NE PRIANT PAS QUE NOUS PRIONS*, disaient-ils. *C'EST EN TRANSGRESSANT LA LOI QUE NOUS LA RESPECTONS.*

Ceux qui avaient lâché le livre de prières plutôt que de tomber étaient les ancêtres des membres de la communauté de la Synagogue Avachie – ainsi nommée par les Verticalistes. Ils tripotaient les franges cousues à l'extrémité de leurs manches de chemise, qu'ils avaient mises là pour se rappeler – ou, plus important encore, pour rappeler aux autres – leur réaction à L'Épreuve : qu'on emporte en tout lieu avec soi les liens qui nous lient à la Parole Sacrée, que l'esprit de la Parole Sacrée devrait toujours prévaloir. (*Excusez-moi, mais est-ce que quelqu'un comprend ce que cette histoire de la Parole Sacrée signifie ?* Les autres haussèrent les épaules et retournèrent à leur discussion sur la meilleure manière de partager treize petits pâtés entre quarante-trois personnes.) C'étaient les coutumes des Avachistes qui avaient changé : les poulies avaient été remplacées par des coussins, le livre de prières en hébreu par un livre en yiddish plus compréhensible. Et le Rabbin par une célébration et une discussion de groupe, suivies, mais plus souvent encore interrompues, par la consommation d'aliments, de boissons et de ragots. Les membres de la Communauté Verticale regardaient de haut les Avachistes, qui semblaient prêts à sacrifier toutes les lois juives au nom de ce qu'ils appelaient piètrement *la grande et nécessaire réconci-*

liation de la religion et de la vie. Les Verticalistes leur donnaient des noms d'oiseaux et leur promettaient une éternité de souffrances dans l'autre monde pour l'avidité avec laquelle ils avaient recherché le confort dans le nôtre. Mais, comme Shmul S, le laitier constipé, les Avachistes n'en avaient rien à chier. En dehors des rares occasions où Verticalistes et Avachistes poussaient sur la Synagogue de deux directions opposées, cherchant à rendre le shtetl plus sacré ou plus séculier, ils apprirent à s'ignorer.

Six jours durant, les citoyens du shtetl, Verticalistes comme Avachistes, firent la queue devant la Synagogue Verticale pour avoir une chance de contempler ma très-arrière-grand-mère. Ils furent plus d'un à revenir plus d'une fois. Les hommes pouvaient examiner le nourrisson, le toucher, lui parler et même le prendre dans leurs bras. Les femmes n'étaient pas admises dans la Synagogue Verticale, bien sûr, car ainsi que le Rabbin Vénérable l'avait voilà si longtemps éclairé de ses lumières, *ET COMMENT POURRAIT-ON S'ATTENDRE À CE QUE NOUS GARDIONS L'ESPRIT ET LE CŒUR AVEC DIEU QUAND CETTE AUTRE PARTIE NOUS DIRIGE VERS LES PENSÉES IMPURES DE CE QUE VOUS SAVEZ ?*

On était parvenu à un compromis apparemment raisonnable en 1763, quand les femmes furent autorisées à prier dans une petite salle humide sous une plaque de verre installée pour l'occasion. Mais il ne fallut pas longtemps pour que les hommes accrochés détournent les yeux du Saint Livre afin de profiter du chœur de décolletés en contrebas. Les pantalons noirs devenaient ajustés, il y eut plus de collisions et de ballant que jamais tandis que ces *autres parties* saillaient en imaginant *ce que vous savez*, et une nuance supplémentaire fut ajoutée clandestinement à la plus sainte des prières,

SEINS, SAINT, SAINT, SAINT EST LE SEIGNEUR DES ARMÉES INNOMBRABLES! LE MONDE ENTIER EST EMPLI DE SA GLOIRE!

Le Rabbin Vénérable consacra à ce sujet déconcertant un de ses nombreux sermons du milieu de l'après-midi. *ET À TOUS DOIT NOUS ÊTRE FAMILIÈRE LA PLUS GRAVE ET LA PLUS SOLENNELLE DES PARABOLES BIBLIQUES, LA PERFECTION DU PARADIS ET DE L'ENFER. ET AINSI QUE NOUS LE SAVONS TOUS OU DEVRIONS TOUS LE SAVOIR, CE FUT LE DEUXIÈME JOUR QUE LE SEIGNEUR NOTRE DIEU CRÉA LES RÉGIONS OPPOSÉES DU PARADIS ET DE L'ENFER, DANS LESQUELLES NOUS ET LES AVACHISTES – QU'ILS PUISSENT N'Y EMPORTER QU'UN TRICOT – SERONS RESPECTIVEMENT ENVOYÉS. ET MAIS NOUS NE DEVONS PAS OUBLIER CE JOUR SUIVANT ET TROISIÈME, QUAND DIEU VIT QUE LE PARADIS NE RESSEMBLAIT PAS TANT AU PARADIS QU'IL L'EÛT SOUHAITÉ ET L'ENFER PAS TANT À L'ENFER. ET AUSSI, LES TEXTES MOINS IMPORTANTS ET MOINS DIFFICILES À TROUVER NOUS LE DISENT, LE PÈRE DU PÈRE DES PÈRES LEVA LE STORE QUI SÉPARAIT LES RÉGIONS OPPOSÉES, PERMETTANT AU BIENHEUREUX ET AU DAMNÉ DE SE VOIR L'UN L'AUTRE. ET AINSI QU'IL L'AVAIT ESPÉRÉ, LES BIENHEUREUX SE RÉJOUIRENT DE LA SOUFFRANCE DES DAMNÉS ET LEUR JOIE S'ACCRUT D'AUTANT EN FACE DE LA PEINE. ET LES DAMNÉS VIRENT LES BIENHEUREUX, VIRENT LEURS QUEUES DE HOMARD ET LEUR PROSCIUTTO, VIRENT QU'ILS PÉNÉTRAIENT LA FOUFOUNE DES SHIKSAS PENDANT LEURS MENSTRUES, ET SENTIRENT QUE LEUR SORT EMPIRAIT D'AUTANT. ET DIEU VIT QUE CELA ÉTAIT MIEUX. ET MAIS L'ATTRAIT DE LA FENÊTRE*

DEVINT TROP PUISSANT. ET PLUTÔT QUE DE JOUIR DU ROYAUME DES CIEUX, LES BIENHEUREUX S'OBNUBILÈRENT SUR LES CRUAUTÉS DE L'ENFER. ET PLUTÔT QUE DE SOUFFRIR DE CES CRUAUTÉS, LES DAMNÉS JOUIRENT PAR PROCURATION DES PLAISIRS DU PARADIS. ET AVEC LE TEMPS, LES DEUX PARVINRENT À UN ÉQUILIBRE, CONTEMPLANT LES AUTRES, SE CONTEMPLANT EUX-MÊMES. ET LA FENÊTRE DEVINT UN MIROIR DONT NI LES BIENHEUREUX NI LES DAMNÉS NE POUVAIENT OU NE VOULAIENT SE DÉTACHER. ET AUSSI DIEU REFERMA-T-IL LE STORE, SÉPARANT À JAMAIS LE PORTAIL ENTRE LES ROYAUMES, ET DE MÊME DEVONS-NOUS, DEVANT NOTRE FENÊTRE TROP TENTATRICE, FERMER LE STORE ENTRE LES ROYAUMES DE L'HOMME ET DE LA FEMME.

La cave fut comblée avec le limon de la Brod et un trou de la taille d'un œuf fut percé dans le mur du fond de la synagogue, trou par lequel une femme à la fois pouvait voir seulement l'arche et les pieds des hommes accrochés, dont certains, pour ajouter l'insulte à l'insulte, étaient encroûtés de merde.

Ce fut par ce trou que les femmes du shtetl purent contempler chacune à son tour mon arrière-arrière-arrière-arrière-arrière-grand-mère. Nombre d'entre elles furent convaincues, peut-être à cause des traits parfaitement adultes du nourrisson, qu'elle était d'une mauvaise nature – signe du diable lui-même. Mais il est plus vraisemblable que leurs sentiments mitigés leur furent inspirés par le trou. D'une telle distance – les paumes appuyées contre le mur, l'œil dans un œuf absent – elles ne pouvaient satisfaire leurs instincts maternels. Le trou n'était même pas assez grand pour leur permettre de voir le bébé entier d'un seul coup et elles devaient en réaliser un collage mental à partir de leurs visions fragmentaires – les doigts reliés à la paume, qui était articulée au poignet, qui terminait le bras, qui s'insérait dans l'épaule... Elles apprirent à haïr ce caractère inconnaissable, intouchable, ce collage.

Le septième jour, le Rabbin Bien Considéré paya quatre quarts de poulet et une poignée de billes d'agate bleues pour faire imprimer l'avis suivant dans la gazette hebdomadaire de Shimon T : pour une cause qui n'était pas connue avec précision, un bébé était advenu au shtetl, il s'agissait d'une fillette tout à fait belle, bien élevée, et pas du tout malodorante, et il était, lui, résolu, dans l'intérêt du bébé et de lui-même, à la remettre au juste qui serait prêt à l'appeler sa fille.

Le lendemain matin, il trouva cinquante-deux mots déployés comme le plumage d'un paon sous le porche de la Synagogue Verticale.

Du fabricant de bibelots en fil de cuivre Peshel S, qui avait perdu son épouse depuis deux mois seulement dans le Pogrom des Habits Déchirés : *Si ce n'est pas pour la fillette, pour moi. Je suis quelqu'un de vertueux, et il y a des choses que je mérite.*

Du fabricant de bougies solitaire Mordechai C, dont les mains étaient emprisonnées dans des gants de cire qu'il était impossible de laver : *Je suis si seul dans mon atelier tout au long de la journée. Il n'y aura plus de fabricants de bougies après moi. Cela ne constitue-t-il pas une espèce de raison ?*

De l'Avachiste chômeur Lumpl W, qui s'alitait pour Pessah non parce que c'était une coutume religieuse mais parce qu'il n'y avait aucune raison que cette nuit soit différente des autres : *Je ne suis sans doute pas la personne la plus accomplie qui ait jamais vécu mais je ferais un bon père et tu le sais.*

Du défunt philosophe Pinchas T, qui avait reçu sur la tête une poutre tombée du plafond du moulin : *Remets-la dans l'eau pour qu'elle me rejoigne.*

Le Rabbin Bien Considéré était excessivement érudit pour tout ce qui touchait aux grandes, très grandes et très très grandes questions de la foi juive, et était capable de s'appuyer sur les textes les plus obscurs et les plus indéchiffrables pour raisonner autour des dilemmes religieux apparemment les plus inextricables, mais il ne savait presque rien de la vie elle-même et, pour cette raison, parce que la naissance du bébé n'avait pas de précédent textuel, parce qu'il ne pouvait solliciter le conseil de personne – de quoi aurait l'air la source même de tous les conseils si elle s'avisait de demander conseil ? –, parce que la fillette relevait de la vie, était la vie, le problème était pour lui totalement insoluble. *CE SONT TOUS DES HOMMES CONVENABLES*, songea-t-il. *TOUS UN PEU AU-DESSOUS DE LA MOYENNE, PEUT-ÊTRE, MAIS RIEN QU'AU FOND ON NE PUISSE TOLÉRER. LEQUEL D'ENTRE EUX A LE MOINS DÉMÉRITÉ ?*

LA MEILLEURE DÉCISION À PRENDRE EST DE NE PAS PRENDRE DE DÉCISION, décida-t-il. Et il mit les lettres dans le berceau, faisant vœu de donner mon arrière-arrière-arrière-arrière-arrière-grand-mère – et, en un certain sens, moi – à l'auteur du premier mot qu'elle saisirait. Mais elle n'en saisit aucun. Elle ne leur accorda aucune attention. Pendant deux jours, elle ne bougea pas un muscle, ne pleurant jamais, n'ouvrant jamais la bouche pour s'alimenter. Les hommes chapeautés de noir continuèrent à vociférer des prières accrochés à leur poulie (*SAINT, SAINT, SAINT…*), continuèrent à se balancer au-dessus des alluvions de la Brod, continuèrent à tenir plus fermement le Saint Livre que la corde, priant pour que quelqu'un écoute leurs prières, jusqu'à ce qu'au beau milieu d'un service du début de soirée, le bon marchand de carpes farcies Bitzl Bitzl R se mette à vociférer ce que tous les hommes de la congrégation pensaient : *L'ODEUR EST INTOLÉRABLE ! COMMENT PUIS-JE AGIR POUR ME RAPPROCHER DE DIEU QUAND JE ME SENS SI PROCHE DE LA MERDEUSE ?*

Le Rabbin Bien Considéré, qui n'était pas en désaccord, interrompit les prières. Il se laissa descendre jusqu'au plancher de verre et ouvrit l'arche. Une puanteur des plus épouvantables en surgit, un remugle inexcusable, inhumain, impossible à ignorer, qui engouffra tout dans une répugnance suprême. Cela s'écoula de l'arche, balaya toute la synagogue, parcourut toutes les rues, toutes les ruelles du shtetl, s'insinua sous tous les oreillers dans toutes les chambres à coucher – entrant dans les narines des dormeurs assez longtemps pour détourner leurs rêves avant d'en ressortir avec le ronflement suivant – et se déversa, pour finir, dans la Brod.

La petite était toujours parfaitement silencieuse et immobile. Le Rabbin Bien Considéré posa le berceau par terre, en tira un unique bout de papier détrempé et hurla, *IL SEMBLERAIT QUE LE BÉBÉ A CHOISI YANKEL POUR PÈRE !*

Nous serions en de bonnes mains.

20 juillet 1997

Cher Jonathan,

J'aspire à ce que cette lettre soit bonne. Comme tu le sais, je ne suis pas de premier ordre avec l'anglais. En russe mes idées sont affirmées anormalement bien, mais ma seconde langue n'est pas si extra. J'ai entrepris d'ingérer les choses que tu m'as conseillées et j'ai fatigué le dictionnaire que tu m'as présenté, comme tu me l'as conseillé, quand mes mots paraissaient trop menus ou pas convenants. Si tu n'es pas heureux avec ce que j'ai accompli, je te commande de me le retourner. Je persévérerai de besogner dessus jusqu'à ce que tu sois apaisé.

J'ai engainé dans cette enveloppe les articles que tu enquérais, nonobstant des cartes postales de Loutsk, les registres du recensement des six villages d'avant la guerre, et les photographies que tu m'as fait garder pour cause de précaution. C'était une très, très, très bonne chose, non? Je dois m'excuser aplati pour ce qui t'est encouru dans le train. Je sais combien la boîte était considérable pour toi, pour nous deux, et combien ses ingrédients n'étaient pas échangeables. Voler est une chose ignominieuse, mais une chose que les gens encourent très répétitivement dans le train d'Ukraine. Puisque tu n'as pas sur les extrémités de ton doigt le nom du garde qui vola la boîte, il sera impossible de la recouper, donc tu dois confesser qu'elle est perdue pour toi à jamais. Mais s'il te plaît ne laisse pas ton expérience en Ukraine blesser la façon dont tu perçois Ukraine, qui doit être en tant que totalement impressionnante ex-république soviétique.

Voilà mon occasion d'articuler merci pour avoir été si longtemps souffert et stoïque avec moi pendant notre voyage. Tu avais peut-être comptabilisé sur un traducteur avec plus de facultés mais je suis certain que j'ai fait un médiocre travail. Je dois m'aplatir d'excuses pour n'avoir pas trouvé Augustine, mais tu embrayes combien c'était rétif. Peut-être si nous avions plus de jours, nous aurions pu la découvrir. Nous aurions pu enquêter les six villages et interroger beaucoup de gens. Nous aurions pu soulever chaque rocher. Mais nous avons articulé toutes ces choses tellement de fois.

Merci pour la reproduction de la photographie d'Augustine avec sa famille. J'ai pensé sans fin à ce que tu disais au sujet de tomber amoureux d'elle. En vérité, je ne l'ai jamais saisi quand tu l'articulas en Ukraine. Mais je suis certain que je le saisis maintenant. Je l'examine une fois quand c'est le matin, et une fois avant de manufacturer des RRR, et à chaque moment je vois quelque chose nouveau, quelque manière de laquelle ses chevelures produisent des ombres, ou ses lèvres résument des angles.

Je suis si si heureux parce que tu étais apaisé par la première division que je t'ai postée. Tu dois savoir que j'ai accompli les corrections que tu demandais. Je m'excuse pour la dernière ligne au sujet de comment tu es un juif trop gâté. Elle a été changée et est maintenant écrite, « Je ne veux pas conduire pendant dix

20 JUILLET 1997

heures jusqu'à une ville affreuse pour m'occuper d'un juif gâté. » J'ai fait plus prolongée la première partie sur moi, et me suis délesté du mot « nègre » comme tu m'as ordonné, malgré que c'est vrai que je suis très affectueux d'eux. Cela me fait heureux que tu adorais la phrase « Un jour, tu feras pour moi des choses que tu détestes. C'est ça que veut dire être une famille. » Je dois t'enquérir toutefois qu'est-ce qu'un truisme ?

J'ai ruminé ce que tu m'as dit au sujet de faire la partie sur ma grand-mère plus prolongée. Parce que tu ressentais avec tellement de gravité à ce sujet, j'ai pensé bon d'inclure les parties que tu m'as postées. Je ne peux pas dire que j'ai caressé ces choses, mais je peux dire que je convoiterais d'être la variété de personne qui caresse ces choses. Elles étaient très belles, Jonathan, et je les ai senties vraies.

Et merci, je me sens endetté d'articuler, pour n'avoir pas mentionné la non-vérité au sujet de comment je suis grand. Je pensais qu'il pouvait apparaître supérieur si j'étais grand.

Je m'efforçai d'accomplir la section suivante comme tu m'as ordonné, plaçant en primordial dans mes pensées tout ce que tu m'as précepté. J'ai aussi tenté de n'être pas évident ou indûment subtil comme tu démontrais. Pour le numéraire que tu as envoyé, tu dois être informé que j'écrirais ceci même en son absence. C'est un honneur mammouth pour moi d'écrire pour un écrivain, surtout quand il est un écrivain américain, comme Ernest Hemingway ou toi.

Et mentionnant que tu écris, « Le commencement du monde arrive souvent » était un commencement très exalté. Il y avait des parties que je ne comprenais pas, mais je conjecture que c'est parce qu'elles étaient très juives, et que seulement une personne juive pouvait comprendre quelque chose de si juif. Est-ce pourquoi vous pensez que vous êtes choisis par Dieu, parce que seulement vous pouvez comprendre les drôleries que vous faites sur vous-mêmes ? J'ai une petite requête sur cette section qui est : sais-tu que beaucoup de noms que tu exploites ne sont pas des noms véridiques pour Ukraine ? Yankel est un nom que j'ai entendu et aussi Hannah, mais le reste sont très étranges. Les inventas-tu ? Il y avait beaucoup de mésaventures comme ça, je te l'informe. Es-tu là un écrivain humoristique ou mal informé ?

Je n'ai aucune autre remarque additionnelle lumineuse, parce que je dois posséder plus du roman de façon à luminer. Pour le présent, sois conscient que je suis ravi. Je te conseillerais que même après que tu m'en auras présenté plus, je peux ne pas posséder beaucoup de choses intelligentes à articuler, mais je pourrais peut-être être de quelque néanmoins utilité. Peut-être que si je pense que quelque chose est très mi-débile, je pourrais te le dire et tu pourras la rendre non-débile. Tu m'as informé de tellement à son sujet que je suis certain que j'adorerais beaucoup lire les restes, et penser encore plus hautain de toi, si c'est une possibilité. Ah oui, qu'est-ce que cunnilingus ?

Et maintenant, pour une petite affaire privée. (Tu peux décider de ne pas lire cette partie si elle te fait une personne ennuyante. Je comprendrai malgré que s'il te plaît ne m'en informe pas.) Grand-père n'a pas été en santé. Il s'est altéré à notre résidence en permanent. Il reposait au lit de Mini-Igor avec Sammy Davis Junior, Junior et Mini-Igor reposait sur le sofa. Cela ne morfond pas Mini-Igor parce que c'est un si bon garçon qui comprend beaucoup plus de choses que quiconque croit. J'ai l'opinion que la mélancolie est ce qui rend grand-père malsain, et que c'est ce qui le rend aveugle, malgré qu'il n'est pas aveugle véridique, bien sûr.

20 JUILLET 1997

C'est devenu prodigieusement pire depuis que nous sommes rentrés de Loutsk. Comme tu sais, il était très défait au sujet d'Augustine, plus que même toi ou moi étions défaits. C'est rétif de ne pas parler de la mélancolie de grand-père avec mon père, parce que nous l'avons tous deux rencontré à pleurer. Hier soir, nous étions perchés à la table de la cuisine. Nous mangions du pain noir en conversant d'athlétisme. Il y eut un bruit au-dessus de nous. La chambre de Mini-Igor est au-dessus de nous. J'étais certain que c'étaient les pleurs de grand-père et mon père était aussi certain de cela. Il y avait aussi une petite batterie contre le plafond (dans la normale, la batterie est excellente comme celle du Dniepropetrovsk Crew, qui sont totalement sourds, mais de celle de ce genre je n'étais pas amouraché.) Nous essayions très rétivement de la négliger. Le bruit a déménagé Mini-Igor de son repos et il vint dans la cuisine. « Bonsoir, L'Empoté », a dit mon père parce que Mini-Igor était encore tombé et s'était fait encore l'œil noir, cette fois son œil gauche. « J'aimerais aussi manger du pain noir », dit Mini-Igor sans regarder mon père. Malgré qu'il a seulement treize ans, presque quatorze, il est très malin. (Tu es la seule personne à qui j'ai remarqué ceci. S'il te plaît ne le remarque à aucune autre personne.)

J'espère que tu es heureux et que ta famille est en santé et prospère. Nous sommes devenus comme amis pendant que tu étais en Ukraine, oui ? Dans un monde différent, nous aurions pu être des amis réels. Je serai en suspens pour ta prochaine lettre, et je serai aussi en suspens pour la division suivante de ton roman. Je ressens l'oblongation de m'aplatir encore d'excuses (je commence à être tant aplati) pour la nouvelle section que je te confère, mais comprends que j'ai essayé meilleurement et fait de mon mieux, ce qui était le mieux que je pouvais faire. C'est si rétif pour moi. S'il te plaît sois véridique, mais aussi s'il te plaît sois bénévole, s'il te plaît.

Ingénument,
Alexandre

Une ouverture à la rencontre du héros, et puis la rencontre du héros

Comme j'avais attendu, il fit mes filles très tristes que je ne sois pas avec elles pour la célébration du premier anniversaire de la nouvelle Constitution. « Toute-la-Nuit, me dit une de mes filles, comment suis-je attendue de me plaisurer moi-même dans ton vide ? » J'avais une idée. « Bébé, me dit une autre de mes filles, ce n'est pas bon. » Je leur dis à toutes, « Si possible, je serais ici avec seulement vous pour toujours. Mais je suis un homme qui besogne, et je dois aller où je dois. Nous avons besoin de numéraire pour les boîtes célèbres, oui ? Je fais pour vous quelque chose que je déteste. C'est ce que veut dire être amoureux. Alors ne me morfondez pas. » Mais pour être véridique, je n'étais pas même dans la plus petite partie triste d'aller à Loutsk traduire pour Jonathan Safran Foer. Comme j'ai mentionné avant, ma vie est ordinaire. Mais je n'avais jamais été à Loutsk ou à aucun de la multitude de menus villages qui endurent encore après la guerre. Je désirais de voir des choses nouvelles. Je désirais d'expérimenter en volumes. Et je serais électrique de rencontrer un Américain.

« Il faudra emporter avec vous des aliments pour la route, Chapka », me dit mon père. « Ne me surnomme pas ainsi », dis-je. « Et aussi de la boisson et des cartes, dit-il. Il y a presque dix heures à Lvov où vous ramasserez le juif à la gare. » « Combien de numéraire je recevrai pour mes besognes ? » j'enquis, parce que cette requête a tant de gravité pour moi. « Moins que tu ne crois mériter, dit-il, et plus que tu ne mérites. » Cela me morfondit tant et je dis à mon père, « Alors peut-être que je ne veux pas le faire. » « Je me moque de ce que tu veux », dit-il, et il étendit pour mettre sa main sur mon épaule. Dans ma famille, mon père est le champion du monde pour finir les conversations.

Il était d'accord que grand-père et moi partirions à minuit du 1er juillet. Cela nous présenterait avec quinze heures. Il était d'accord, pour tout le monde excepté pour grand-père et moi, que nous devions voyager jusqu'à la gare de Lvov dès que nous entrerions dans la ville de Lvov. Il était d'accord pour mon père que grand-père lambinerait avec patience dans la voiture, pendant que je lambinerais sur les voies pour le train du héros. Je ne savais pas quelle apparence il aurait et il ne savait pas combien je suis grand et aristocratique. C'est quelque chose dont nous avons fait beaucoup de reparties après. Il était très anxieux, dit-il. Il disait qu'il faisait chier une brique. Je lui dis que moi aussi je faisais chier une brique. Mais si vous voulez savoir pourquoi, ce n'était pas parce que je ne le reconnaîtrais pas. Un Américain en Ukraine est si flasque à reconnaître. Je faisais chier une brique parce qu'il était américain et que je désirais lui montrer que moi aussi je pouvais être un Américain.

J'ai donné anormalement tant de pensées à altérer mes résidences pour Amérique quand je suis plus vieilli. Ils ont beaucoup d'écoles supérieures pour la comptabilité, je le sais. Je le sais parce qu'un ami à moi, Gregory, qui est accointé avec un ami du neveu de la personne qui inventa le soixante-neuf, m'a dit qu'ils ont beaucoup d'écoles supérieures pour la comptabilité en Amérique, et il sait tout. Mes amis sont apaisés de rester à Odessa pour la vie entière. Ils sont apaisés de vieillir comme leurs parents, et de devenir parents comme leurs parents. Ils ne désirent rien de plus que tout ce qu'ils ont connu. Bon, mais ce n'est pas pour moi, et ce ne sera pas pour Mini-Igor.

Quelques jours avant que le héros devait arriver, j'ai enquis mon père si je pouvais procéder en Amérique quand j'aurai fini de diplômer à l'université. « Non », dit-il. « Mais c'est ce que je veux », l'ai-je informé. « Je me moque de ce que tu veux », dit-il, et c'est habituellement la fin de la conversation mais ce n'était pas la fin cette fois. « Pourquoi ? » ai-je demandé. « Parce que ce que tu veux n'est pas important pour moi, Chapka. » « Non, dis-je, pourquoi je ne peux pas procéder en Amérique après que j'ai diplômé ? » « Si tu veux savoir pourquoi tu ne peux pas procéder en Amérique, dit-il en épanouissant le réfrigérateur pour investiguer des aliments, c'est parce que ton arrière-grand-père était d'Odessa, ton grand-père était d'Odessa et ton père, moi, était d'Odessa, et tes fils seront d'Odessa. Aussi, tu vas besogner à Heritage Touring quand tu auras diplômé. C'est un emploi nécessaire, assez extra pour ton grand-père, assez extra pour moi et assez extra pour toi. » « Mais si ce n'est pas ce que je désire ? dis-je. Si je ne veux pas besogner à Heritage Touring, mais besogner quelque part où je peux faire quelque chose de pas ordinaire et gagner tant de numéraire au lieu de juste une menue quantité ? Si je ne veux pas que mes fils grandissent ici mais qu'ils grandissent dans un endroit supérieur avec des choses supérieures et plus de choses ? Et si j'ai des filles ? » Mon père a retiré trois morceaux de glace du réfrigérateur, a fermé le réfrigérateur et m'a donné un coup de poing. « Mets-toi ça sur la figure, dit-il en me donnant la glace, pour ne pas être affreux et manufacturer un désastre à Lvov. » Ça, c'était la fin de la conversation. J'aurais dû être plus malin.

Et je n'ai pas encore mentionné que grand-père demanda d'apporter Sammy Davis Junior, Junior avec lui. C'était encore autre chose. « Tu te montres un imbécile », l'informa mon père. « J'ai besoin d'elle pour m'aider à voir la route, dit grand-père, remuant ses doigts vers ses yeux. Je suis aveugle. » « Tu n'es pas aveugle, et tu n'apportes pas la chienne. » « Je suis aveugle et la chienne vient avec nous. » « Non, a dit mon père. Ce n'est pas professionnel que la chienne aille avec vous. » J'aurais articulé quelque chose en favorisant grand-père, mais je ne voulais pas être idiot encore une fois. « C'est soit je vais avec la chienne, soit je ne vais pas. » Mon père était dans une position. Pas comme l'Étirement Lituanien Maison, mais comme parmi un rocher et un endroit rétif, ce qui est, en vérité, un peu similaire à l'Étirement Lituanien Maison. Il y avait le feu parmi eux. J'avais vu cela avant, et rien au monde ne m'effrayait plus. Pour finir mon père a cédé, mais il fut d'accord que Sammy Davis Junior, Junior devrait revêtir un maillot spécial que mon père ferait fabriquer, qui dirait : OFFICIEUSE CHIENNE VOYANTE DE NON-VOYANT D'HERITAGE TOURING. C'était de façon qu'elle apparaisse professionnelle.

Nonobstant que nous avions une chienne dérangée dans la voiture, qui faisait une inclinaison à jeter son corps contre les fenêtres, le trajet était aussi dur parce que la voiture est tant de merde qu'elle ne voyage pas plus vite que le plus vite que je peux courir, qui est soixante kilomètres pour l'heure. Tant de voitures nous dépassaient, ce qui me faisait sentir de deuxième ordre, surtout quand les voitures étaient lourdes de familles et quand c'étaient des bicyclettes. Grand-père et moi n'articulèrent pas de mots le voyage pendant, ce qui n'est pas anormal, parce que nous n'avons jamais articulé une multitude de mots. Je faisais des efforts pour ne pas le morfondre, mais le morfondis néanmoins. Par un exemple, j'oubliai d'examiner la carte, et nous ratâmes notre entrée sur l'autoroute. « S'il te plaît ne me donne pas de coup de poing, dis-je, mais j'ai fait une erreur miniature avec la carte. » Grand-père enfonça la pédale d'arrêt et ma figure donna une claque à la fenêtre de devant. Il ne dit rien pendant la majorité d'une minute. « T'ai-je demandé de conduire la voiture ? » demanda-t-il. « Je n'ai pas un permis de conduire la voiture », dis-je. (Garde cela secret, Jonathan.) « T'ai-je demandé de me préparer le petit déjeuner pendant que tu es perché là ? » demanda-t-il. « Non », dis-je. « T'ai-je demandé d'inventer une nouvelle sorte de roue ? » demanda-t-il. « Non, dis-je, je n'aurais pas été très bon à ça. » « Combien de choses t'ai-je demandé de faire ? » demanda-t-il. « Seulement une », dis-je, et je savais qu'il avait des boules et qu'il allait me hurler pendant un temps durable et peut-être même me violenter, ce que je méritais, il n'y a rien de nouveau. Mais il ne le fit pas. (Ainsi tu es conscient, Jonathan, qu'il ne m'a jamais violenté, ni Mini-Igor.) Si vous voulez savoir ce qu'il a fait, il a donné une rotation complète à la voiture et nous sommes revenus là où j'avais façonné l'erreur. Cela captura vingt minutes. Quand nous arrivâmes à l'endroit, je l'informai que nous y étions. « En es-tu outrecuidant ? » demanda-t-il. Je lui dis que j'en étais outrecuidant. Il déménagea la voiture sur le côté de la route. « Nous nous arrêterons ici pour manger le petit déjeuner », dit-il. « Ici ? » demandai-je, parce que c'était un endroit modeste, avec seulement quelques mètres de terre parmi la route et un mur de béton séparant la route des champs agricoles. « Je pense que c'est un endroit extra », dit-il, et je sus que ce serait un minimum de savoir-vivre de ne pas discuter. Nous nous perchâmes sur l'herbe pour manger, pendant que Sammy Davis Junior, Junior faisait la tentative d'effacer les lignes jaunes de l'autoroute en les léchant. « Si tu gaffes de nouveau, dit grand-père pendant qu'il mastiquait une saucisse, j'arrêterai la voiture et tu sortiras avec un pied dans la partie arrière. Ce sera mon pied. Ce sera ta partie arrière. Est-ce une chose que tu comprends ? »

Nous arrivâmes à Lvov en onze heures seulement, mais pourtant voyageâmes aussitôt à la gare comme mon père l'avait ordonné. Elle était rétive à trouver et nous devînmes des personnes perdues tant de fois. Cela donna à grand-père de la colère. « Je déteste Lvov », dit-il. Nous y étions depuis dix minutes. Lvov est grande et impressionnante, mais pas comme Odessa. Odessa est très belle, avec tant de plages célèbres où des filles sont couchées sur le dos pour exhiber leur poitrine de premier ordre. Lvov est une ville comme New York en Amérique. New York City, en vérité, fut conçue sur le modèle de Lvov. Il y a de très hauts immeubles (avec jusqu'à six étages) et des rues étendues (avec assez de place pour jusqu'à trois voitures) et tant de téléphones mobiles. Il y a beaucoup de statues à Lvov, et beaucoup d'endroits où des statues étaient autrefois emplacées. Je n'ai jamais été témoin d'un endroit façonné d'autant de béton. Tout était en béton, partout, et je vous dirai que même le ciel, qui était gris, apparaissait comme du béton. C'était quelque chose au sujet de quoi le héros et moi parlerions plus tard, quand nous avions une absence de mots. « Tu te rappelles tout ce béton, à Lvov ? » demanda-t-il. « Oui », dis-je. « Moi aussi », dit-il. Lvov est une ville très importante dans l'histoire d'Ukraine. Si vous voulez savoir pourquoi, je ne sais pas pourquoi, mais je suis certain que mon ami Gregory le sait.

UNE OUVERTURE À LA RENCONTRE DU HÉROS

Lvov n'est pas très impressionnante depuis l'intérieur de la gare. C'est là que je lambinai pour le héros pendant plus de quatre heures. Son train était dilatoire, donc ce fut cinq heures. J'étais morfondu d'avoir à lambiner là sans rien à faire, même pas une stéréo, mais j'étais de très bonne humeur de ne pas avoir à être dans la voiture avec grand-père, qui était vraisemblablement en train de devenir une personne dérangée, et avec Sammy Davis Junior, Junior qui était déjà dérangée. La gare n'était pas ordinaire, parce qu'il y avait des papiers bleus et jaunes pendus au plafond. Ils étaient là pour le premier anniversaire de la première Constitution. Cela ne me rendait pas tant fier, mais j'étais apaisé que le héros les verrait en débarquant du train de Prague. Il obtiendrait une excellente image de notre pays. Peut-être il penserait que les papiers jaunes et bleus étaient pour lui, parce que je sais qu'ils sont les couleurs des juifs.

Quand son train arriva enfin, mes deux jambes étaient des aiguilles et des clous d'avoir été une personne debout pendant une telle durée. Je me serais perché, mais le sol était très sale et je portais mon blue-jean sans égal pour surimpressionner le héros. Je savais de quel wagon il débarquerait parce que mon père me l'avait dit et j'essayais de marcher jusque-là quand le train arriva mais c'était très difficile avec deux jambes qui étaient tout aiguilles et clous. Je tenais un écriteau avec son nom devant moi et tombais tant de fois sur mes jambes et regardais dans les yeux de toutes les personnes qui passaient.

Quand nous nous sommes trouvés, je fus très ahuri par son apparence. C'est ça, un Américain ? pensai-je. Et aussi, C'est ça un juif ? Il était gravement petit. Il portait des lunettes et avait des chevelures minuscules qui n'étaient rayées nulle part mais reposaient sur sa tête comme une chapka. (Si j'étais comme mon père, je l'aurais peut-être même surnommé Chapka.) Il n'apparaissait ni comme les Américains que j'avais témoignés dans les magazines, avec des chevelures jaunes et des muscles, ni comme les juifs des livres d'histoire, avec pas de chevelures et des os proéminents. Il ne portait ni blue-jean ni uniforme. En vérité, il n'avait l'air de rien de particulier du tout. J'étais déthousiasmé au maximum.

Il devait avoir témoigné l'écriteau que je tenais parce qu'il me donna un coup de poing sur l'épaule et dit, « Alex ? » Je lui dis oui. « Vous êtes mon traducteur, c'est ça ? » Je lui demandai d'être lent parce que je ne le comprenais pas. En vérité, je faisais chier un mur de briques. Je tentai d'être pondéré. « Première leçon. Hello. Comment allez-vous aujourd'hui ? » « Quoi ? » « Deuxième leçon. OK, le temps n'est-il pas délicieux ? » « Vous êtes mon traducteur, dit-il en manufacturant des mouvements, oui ? » « Oui, dis-je en lui présentant ma main. Alexandre Perchov. Je suis votre humble traducteur. » « Je suis enchanté de perdre connaissance », dit-il. « Quoi ? » dis-je. « J'ai dit, dit-il, je suis enchanté de perdre connaissance. » « Ah oui, je ris, je suis enchanté de perdre connaissance aussi. Je vous implore de pardonner mon parler de l'anglais. Je n'y suis pas si extra. » « Jonathan Safran Foer », dit-il, et il me présenta la main. « Quoi ? » « Je suis Jonathan Safran Foer. » « Jon-fen ? » « Safran Foer. » « Et moi, Alex », dis-je. « Je sais », dit-il. « Quelqu'un vous a frappé ? » enquit-il, témoignant mon œil droit. « Mon père m'a fait enchanté de perdre connaissance », dis-je. Je pris ses bagages et nous avançâmes à la voiture.

« Le voyage en train vous a apaisé ? » demandai-je. « M'en parlez pas, vingt-six heures sur cette putain de banquette ! » Cette fille Banquette doit être très majestueuse, pensai-je. « Vous avez été capable de RRRRR ? » demandai-je. « Quoi ? » « Vous avez manufacturé des RRR ? » « Je ne comprends pas. » « Reposer. » « Quoi ? » « Vous avez reposé ? » « Ah. Non, dit-il. J'ai pas reposé du tout. » « Quoi ? » « Je… n'ai… pas… reposé… du… tout. » « Et les gardes, à la frontière ? » « Rien du tout, dit-il. On m'en avait tellement parlé, qu'ils allaient, vous voyez, me compliquer la vie. Mais ils sont entrés, ils ont regardé mon passeport et ils m'ont pas ennuyé du tout. » « Quoi ? » « On m'avait dit que je risquais d'avoir des problèmes mais j'ai pas eu de problèmes. » « On vous avait parlé d'eux ? » « Oh oui, on m'avait dit que c'étaient des gros enfoirés. » Gros enfoiré. J'écrivis cela dans mon cerveau.

En vérité, j'étais ahuri que le héros n'ait eu aucune audition légale ni tribulation avec les gardes-frontières. Ils ont une habitude de mauvais goût de prendre des choses sans les demander aux gens dans le train. Mon père alla à Prague une fois, comme partie de sa besogne pour Heritage Touring, et pendant qu'il reposait les gardes retirèrent beaucoup de choses extra de son sac, ce qui est terrible parce qu'il n'a pas beaucoup de choses extra. (C'est tant étrange de penser que quelqu'un blesse mon père. Plus ordinairement, je pense que les rôles sont immuables.) On m'a aussi informé d'histoires de voyageurs qui doivent présenter de la numéraire aux gardes afin de recevoir leurs papiers en retour. Pour les Américains, ça peut être très mieux ou très pire. C'est très mieux si le garde est amoureux d'Amérique et veut surimpressionner l'Américain en étant un garde extra. Ce genre de garde pense qu'il rencontrera encore l'Américain un jour en Amérique et que l'Américain offrira de l'emmener à un match des Chicago Bulls et lui achètera un blue-jean, du pain blanc et du papier hygiénique délicat. Ce garde rêve de parler anglais sans accent et d'obtenir une épouse avec une poitrine non malléable. Ce garde confessera qu'il n'aime pas où il vit.

L'autre genre de garde est aussi amoureux d'Amérique, mais il détestera l'Américain d'être un Américain. C'est le très pire. Ce garde sait qu'il n'ira jamais en Amérique et sait qu'il ne rencontrera jamais encore l'Américain. Il volera l'Américain et terreurera l'Américain seulement pour lui apprendre qu'il peut. C'est la seule occasion de sa vie d'avoir son Ukraine au-dessus d'Amérique et de s'avoir lui-même au-dessus de l'Américain. Mon père me l'a dit et je suis certain qu'il est certain que c'est digne de foi.

Quand nous arrivâmes à la voiture, grand-père lambinait avec patience comme mon père avait ordonné. Il était très patient. Il ronflait. Il ronflait avec tant de volume que le héros et moi l'entendions même que les fenêtres étaient élevées et le bruit était comme si la voiture était en opération. « C'est notre chauffeur, dis-je. C'est un expert à conduire. » J'observai de la détresse dans le sourire de notre héros. C'était la deuxième fois. En quatre minutes. « Il est OK ? » demanda-t-il. « Quoi ? dis-je. Je ne fais pas pour comprendre. Parlez plus moins vite, s'il vous plaît. » Je peux être apparu non compétent au héros. « Le... chauf... feur... est... il... en... bonne... san... té ? » « Avec certitude, dis-je. Mais je dois vous dire, je suis très familier avec ce chauffeur. Il est mon grand-père. » À ce moment Sammy Davis Junior, Junior se rendit évidente parce qu'elle sauta en l'air du siège arrière et aboya en volumes. « Mon Dieu ! » dit le héros avec terreur, et il se bougea distant de la voiture. « Ne soyez pas en détresse, l'informai-je pendant que Sammy Davis Junior, Junior cognait sa tête contre la fenêtre. C'est seulement la chienne voyante du chauffeur. » Je montrai le maillot qu'elle avait

UNE OUVERTURE À LA RENCONTRE DU HÉROS

revêtu mais elle en avait mastiqué la majorité de sorte qu'il disait seulement : OFFICIEUSE CHIENNE. « Elle est dérangée, dis-je, mais si si joueuse. »

« Grand-père, dis-je, bougeant son bras pour l'éveiller. Grand-père, il est là. » Grand-père fit une rotation de sa tête de là à là. « Il est toujours à reposer », dis-je au héros, espérant que cela pourrait le faire moins dans la détresse. « Quel beau lilas », dit le héros. « Quoi ? » demandai-je. « Je disais quel beau lilas. » « Qu'est-ce que ça veut dire, quel beau lilas ? » « Que ça doit lui rendre service. Vous comprenez, lui être utile. Mais... et ce chien ? » J'utilise cette expression américaine très souvent maintenant. J'ai dit à une fille dans une discothèque célèbre, « Quel beau lilas sont mes yeux quand j'observe ta poitrine sans égale. » J'ai perçu qu'elle percevait que j'étais une personne extra. Plus tard nous devînmes très charnels et elle renifla ses genoux et aussi mes genoux.

Je fus capable de tirer grand-père de son repos. Si vous voulez savoir comment, j'amarrai son nez avec mes doigts pour qu'il ne pouvait pas respirer. Il ne savait pas où il était. « Anna ? » demanda-t-il. C'était le nom de ma grand-mère qui mourut deux ans jadis. « Non, grand-père, dis-je. C'est moi, Sacha. » Il était très honteux. Je perçus cela parce qu'il fit une rotation de sa figure loin de moi. « J'ai acquis Jon-fen », dis-je. « Hum, c'est Jon-a-than », dit le héros qui observait Sammy Davis Junior, Junior lécher les fenêtres. « Je l'ai acquis. Son train arriva. » « Ah », fit grand-père, et je perçus qu'il était encore en train de se départir d'un rêve. « Nous devrions aller de l'avant à Loutsk, suggérai-je, comme mon père a ordonné. » « Quoi ? » enquit le héros. « Je lui ai dit que nous devrions aller de l'avant à Loutsk. » « Oui, à Loutsk. C'est là qu'on m'a dit que nous irions. Et de là à Trachimbrod. » « Quoi ? »

j'enquis. « Loutsk, et ensuite Trachimbrod. » « Correct », dis-je. Grand-père mit les mains sur le volant. Il regarda devant lui un temps prolongé. Il respirait de très vastes respirations et ses mains tremblaient. « Oui ? » l'enquis-je. « Ta gueule », m'informa-t-il. « Où va-t-on mettre le chien ? » enquit le héros. « Quoi ? » « Où... va-t-on... mettre... le... chien ? » « Je ne comprends pas. » « J'ai peur des chiens, dit-il. J'ai d'assez mauvais souvenirs avec des chiens. » Je dis ceci à grand-père qui était encore une moitié de lui-même dans le rêve. « Personne n'a peur des chiens », dit-il. « Grand-père m'informe que personne n'a peur des chiens. » Le héros leva sa chemise pour m'exhiber les restes d'une blessure. « C'est une morsure de chien », dit-il. « Quoi ? » « Ça. » « Quoi ? » « Cette chose. » « Quelle chose ? » « Ici. Les deux lignes qui se croisent. » « Je ne vois rien. » « Là », dit-il. « Où ? » « Mais là », dit-il, et je dis, « Ah oui », malgré qu'en vérité je ne témoignais toujours rien. « Ma mère a peur des chiens. » « Et alors ? » « Et alors j'ai peur des chiens. Je n'y peux rien. » J'embrayais la situation maintenant. « Sammy Davis Junior, Junior doit percher à l'avant avec nous », dis-je à grand-père. « Montez dans cette putain de voiture, dit-il, ayant égaré toute la patience qu'il avait pendant qu'il ronflait. La chienne et le juif partageront le siège arrière, il est assez vaste pour les deux. » Je ne mentionnai pas que le siège arrière n'était même pas assez vaste pour un seul. « Qu'est-ce que nous allons faire ? » demanda le héros, effrayé de devenir proche de la voiture, pendant que sur le siège arrière Sammy Davis Junior, Junior avait fait sa bouche avec du sang d'avoir mastiqué sa propre queue.

Le Livre des rêves récurrents, 1791

La nouvelle de sa bonne fortune parvint à Yankel D pendant que les Avachistes terminaient leur service hebdomadaire. *Il est de la plus grande importance que nous nous rappelions*, dit le cultivateur de pommes de terre atteint de narcolepsie Didl S, à l'assemblée dont les membres étaient étendus sur des coussins tout autour de son salon. (La congrégation des Avachistes était nomade, élisant domicile pour chaque shabbat chez un membre différent.)

Que nous nous rappelions quoi ? demanda le maître d'école Tzadik P, expulsant un nuage de craie jaune à chaque syllabe.

Le quoi, dit Didl, n'est pas si important. Ce qui compte c'est que nous devrions nous rappeler. C'est l'acte de se rappeler, le processus de mémoire, la reconnaissance de notre passé... Les souvenirs sont de petites prières à Dieu, si nous croyons à ce genre de choses... car il est dit quelque part quelque chose à ce sujet précisément, ou quelque chose qui y ressemble... j'avais le doigt dessus il y a quelques minutes... je jure que c'était là... Quelqu'un a-t-il vu le Livre des antécédents *? J'en avais un des premiers volumes voilà une seconde... Merde !... Quelqu'un peut-il me dire où j'en étais ? Je suis totalement perdu et gêné et il faut toujours que je merde quand c'est chez moi...*

Le souvenir, dit Shanda l'affligée pour l'aider. Mais Didl avait sombré dans un sommeil irrépressible. Elle le réveilla et murmura, *Le souvenir.*

Allons-y, dit-il, sans perdre une seconde tout en feuilletant le tas de papiers qu'il avait sur sa chaire qui était en réalité un poulailler. *Le souvenir. Le souvenir et sa reproduction. Et les rêves évidemment. Qu'est-ce qu'être éveillé sinon interpréter nos rêves, ou que rêver sinon interpréter notre veille ? Cercle des cercles ! Les rêves, oui ? Non ? Oui. Oui, c'est le premier shabbat. Le premier du mois. Et puisque c'est le premier shabbat du mois, nous devons faire nos ajouts au* Livre des rêves récurrents. *Oui ? Que quelqu'un me dise si je déconne.*

Je fais un rêve des plus intéressants, dit Lilla F, descendante du premier Avachiste à avoir lâché le Saint Livre.

Parfait, dit Didl, tirant le tome IV du *Livre des rêves récurrents* de l'arche de fortune qui était en réalité son poêle à bois.

Comme moi, ajouta Shloim. *J'en ai fait plusieurs.*

Moi aussi, j'ai fait un rêve récurrent, dit Yankel.

Parfait, dit Didl. *Tout à fait parfait. Nous aurons tôt fait de compléter un autre tome !*

Mais d'abord, murmura Shanda, *il faut passer en revue les rêves du mois dernier.*

Mais d'abord, dit Didl, qui jouait le rôle du rabbin, *il faut passer en revue les rêves du mois dernier. Il faut retourner en arrière pour pouvoir aller de l'avant.*

Mais que ce ne soit pas trop long, dit Shloim, *sinon je vais oublier. C'est ébahissant que j'aie pu m'en souvenir si longtemps.*

Il mettra exactement aussi longtemps qu'il le faut, dit Lilla.

Je mettrai aussi longtemps qu'il le faut, dit Didl, et il se noircit la main avec la cendre qui s'était accumulée sur la couverture du lourd volume relié de cuir, prit le yad d'argent, qui était en réalité un couteau de fer, et se mit à psalmodier, suivant la lame qui tranchait au cœur de la vie rêvée des Avachistes :

> 4 :512 – *Le rêve du coït sans douleur.* J'ai rêvé il y a quatre nuits d'une pluie d'aiguilles d'horloge qui tombait de l'univers, de la lune qui était un œil vert, de miroirs et d'insectes, d'un amour qui ne se retirait jamais. Ce n'était pas le sentiment d'être complète dont j'avais tant besoin, mais le sentiment de n'être pas vide. Ce rêve s'est terminé quand j'ai senti mon époux me pénétrer. 4 :513 – *Le rêve des anges rêvant des hommes.* C'était pendant la sieste que j'ai rêvé d'une échelle. Des anges somnambules montent et descendent sur les barreaux, les yeux clos, le souffle lourd et sourd, les ailes ballant mollement à leur côté. Je bouscule un vieil ange au passage et je le réveille en sursaut. Il ressemblait à mon grand-père juste avant sa mort l'an dernier, quand il priait chaque soir de mourir dans son sommeil. Ah, me dit l'ange, je rêvais justement de toi. 4 :514 – *Le rêve, aussi bête que ça en ait l'air, de voler.* 4 :515 – *Le rêve de la valse du festin, de la famine, et du festin.* 4 :516 – *Le rêve des oiseaux désincarnés (46).* Je ne sais pas si vous considérerez que c'est un rêve ou un souvenir, parce que c'est vraiment arrivé, mais quand je m'endors, je vois la pièce dans laquelle j'ai porté le deuil de mon fils. Ceux d'entre vous qui étaient là se rappelleront que nous ne parlions pas et que nous ne mangions que le strict minimum.

Vous vous rappellerez qu'un oiseau est entré en brisant un carreau et est tombé par terre. Vous vous rappellerez, ceux d'entre vous qui étaient là, qu'il a agité les ailes avant de mourir et laissé une tache de sang sur le sol après qu'on l'a enlevé. Mais lequel d'entre vous fut le premier à remarquer le négatif d'oiseau qu'il avait laissé dans le carreau ? Qui fut le premier à voir l'ombre que l'oiseau avait laissée derrière lui, l'ombre qui faisait saigner le doigt dont on osait en suivre le contour, l'ombre qui était une meilleure preuve de l'existence de l'oiseau que l'oiseau lui-même ne l'avait jamais été ? Qui était avec moi quand je portais le deuil de mon fils et que j'ai demandé qu'on m'excuse pour aller enterrer cet oiseau de mes mains ? 4 :517 – *Le rêve de tomber amoureux, du mariage, de la mort, de l'amour.* Ce rêve a l'air de durer des heures alors qu'il se produit toujours pendant les cinq minutes entre mon retour des champs et le moment où l'on me réveille pour dîner. Je rêve de quand j'ai connu ma femme, il y a cinquante ans, et c'est exactement comme c'est arrivé. Je rêve de notre mariage et je vois même les larmes de fierté de mon père. Tout est là, exactement comme c'était. Mais après je rêve de ma propre mort, alors que j'ai entendu dire que c'est impossible, mais il faut me croire. Je rêve que ma femme me dit sur mon lit de mort qu'elle m'aime, elle croit que je ne l'entends pas mais je l'entends, et elle dit qu'elle n'aurait rien changé. J'ai l'impression que c'est un moment que j'ai vécu un millier de fois déjà, dont chaque détail est familier, jusqu'à l'instant de ma mort, et que cela arrivera encore un nombre infini de fois, que nous nous rencontrerons, que nous nous marierons, que nous aurons nos enfants, que nous réussirons comme nous avons réussi, que nous échouerons comme nous avons échoué, tout exactement pareil, sans qu'on y puisse jamais changer quoi que ce soit. Je me retrouve encore au bas d'une roue que rien ne peut arrêter et quand je sens mes yeux se fermer pour mourir, comme ils l'ont fait et le feront mille fois, je me réveille. 4 :518 – *Le rêve du mouvement perpétuel.* 4 :519 – *Le rêve des fenêtres basses.* 4 :520 – *Le rêve de la sécurité et de la paix.* J'ai rêvé que je suis né du corps d'une inconnue. Elle me donne naissance en un lieu secret qu'elle habite, loin de tout ce que je vais connaître en grandissant. Immédiatement après ma naissance, elle me donne à ma mère, pour sauver les apparences, et ma mère dit, Merci. Tu m'as donné un fils, le don de la vie. Et pour cette raison, parce que je viens du corps d'une inconnue, je ne crains pas le corps de ma mère et je peux l'embrasser sans honte, avec seulement de l'amour. Parce que je ne viens pas du corps de ma mère, mon désir de rentrer chez moi ne ramène jamais à elle et je suis libre de dire Mère sans que cela dise autre chose que Mère. 4 :521 – *Le rêve des oiseaux désincarnés (47).* C'est le crépuscule dans ce rêve que je fais chaque nuit et je fais l'amour à mon épouse, ma vraie épouse, c'est-à-dire celle à qui je suis marié depuis trente ans et vous savez tous combien je l'aime, je l'aime tant. Je masse ses cuisses dans mes mains, je les remonte jusqu'à sa taille et à son ventre et je caresse ses seins. Mon épouse est une si belle femme, vous le savez tous, et dans mon rêve elle est pareille, exactement aussi belle. Je regarde mes mains sur ses seins – calleuses, usées, des mains d'homme, veinées, tremblantes, hésitantes – et je me rappelle, je ne sais pas pourquoi, mais c'est ainsi toutes les nuits, je me rappelle deux oiseaux blancs que ma mère avait rapportés de Varsovie pour moi quand je n'étais qu'un enfant. Nous les laissions voler dans la maison et se percher où ils voulaient. Je me rappelle le dos de ma mère pendant qu'elle faisait cuire des œufs pour moi et je me rappelle les oiseaux perchés sur ses épaules, le bec tendu près de ses oreilles comme s'ils s'apprêtaient à lui dire un secret. Elle lève la main droite dans le placard, cherchant sans regarder une épice sur une étagère haute, saisissant quelque chose qui lui échappe, quelque chose de fuyant, prenant garde de ne pas faire brûler mes aliments. 4:522 – *Le rêve de se rencontrer soi-même quand on était plus jeune.* 4:523 – *Le rêve des animaux, deux par deux.* 4:524 – *Le rêve de je n'aurai pas honte.* 4:525 – *Le rêve que nous sommes nos pères.* Je vais au bord de la Brod sans savoir pourquoi et je regarde mon reflet dans l'eau. Je ne peux pas en détourner le regard. Quelle est l'image qui m'attire ainsi ? Qu'est-ce que j'aime tant ? Et puis je la reconnais. C'est si simple. Dans l'eau je vois le visage de mon père, et ce visage voit le visage de son père, et ainsi de suite, ainsi de suite, le reflet remonte au commencement des temps, jusqu'au visage de Dieu, à l'image duquel nous fûmes créés. Nous brûlons d'amour pour nous-mêmes, tous tant que nous sommes, allumant le feu dont nous souffrons – notre amour est la maladie pour laquelle notre amour seul est le remède.

La psalmodie fut interrompue par des coups frappés à la porte. Deux hommes en chapeau noir entrèrent en claudiquant avant qu'aucun des membres de la congrégation ait eu le temps de se lever.

NOUS REPRÉSENTONS ICI LA CONGRÉGATION VERTICALE ! vociféra le plus grand des deux.

LA CONGRÉGATION VERTICALE ! vociféra en écho le petit trapu.

Chut ! dit Shanda.

YANKEL EST-IL PRÉSENT ? vociféra le plus grand des deux comme en réponse à cette requête.

OUI, YANKEL EST-IL PRÉSENT ? vociféra en écho le petit trapu.

Ici. Je suis là, dit Yankel en se levant de son coussin. Il supposait que le Rabbin Bien Considéré faisait appel à ses services financiers, comme cela s'était produit si souvent dans le passé, la piété coûtant ce qu'elle coûtait en ce temps-là. *Que puis-je pour vous ?*

TU SERAS LE PÈRE DU BÉBÉ DE LA RIVIÈRE ! vociféra le plus grand.

TU SERAS LE PÈRE ! fit en écho le petit trapu.

Parfait ! dit Didl, refermant le tome IV du *Livre des rêves récurrents* qui lâcha un nuage de poussière quand la couverture claqua. *Voilà qui est tout à fait parfait ! Yankel sera le père !*

Mazel tov! entonnèrent les membres de la congrégation. *Mazel tov!*

Soudain, Yankel fut envahi d'une peur de mourir plus forte que celle qu'il avait éprouvée quand ses parents étaient morts de mort naturelle, plus forte que quand son unique frère avait été tué dans le moulin, que quand ses enfants étaient morts, plus forte même que quand il était petit et s'était pour la première fois avisé qu'il devait essayer de comprendre ce que cela pouvait bien vouloir dire de ne pas être vivant – d'être non pas dans le noir, non pas privé de toute sensation –, d'être n'étant pas, de ne pas être.

Les Avachistes le félicitèrent sans remarquer, en lui tapant dans le dos, qu'il était en larmes. *Merci*, disait-il et disait-il encore, sans une seule fois se demander qui au juste il remerciait. *Merci beaucoup*. On lui avait donné un bébé, et à moi un arrière-arrière-arrière-arrière-arrière-arrière-grand-père.

Une histoire d'amour, 1791-1796

L'usurier couvert d'opprobre Yankel D emporta la fillette chez lui, ce soir-là.

Allez, dit-il, montons les marches du perron. Nous y voilà. Voici ta porte. Et voici, là, ta poignée de porte, que j'ouvre. Et là, c'est l'endroit où nous posons les souliers quand nous entrons. Et c'est là que nous accrochons les vestes. Il lui parlait comme si elle le comprenait, jamais d'une petite voix aiguë ou par monosyllabes, et jamais en bêtifiant. *C'est du lait que je te donne. Il vient de Mordechai, le laitier, que tu rencontreras un jour. C'est une vache qui lui donne le lait, ce qui est une chose très bizarre et troublante, quand on y pense, alors n'y pense pas... C'est ma main, qui caresse ton visage. Il y a des gens qui sont gauchers et d'autres droitiers. Toi, nous ne savons pas encore, parce que tu te contentes d'être là et de me laisser faire tout le travail manuel... Ça, c'est un baiser. C'est ce qui se produit quand les lèvres sont serrées l'une contre l'autre et appuyées contre quelque chose, parfois d'autres lèvres, parfois une joue, parfois d'autres choses encore, ça dépend... Ça, c'est mon cœur. Tu le touches avec ta main gauche, pas parce que tu es gauchère, encore que tu puisses l'être, mais parce que je la tiens contre mon cœur. Ce que tu sens, c'est les battements de mon cœur. C'est ce qui me fait vivre.*

Il fit un lit de papier journal froissé au creux d'un panier à pain profond et le disposa douillettement dans le four afin qu'elle ne soit pas dérangée par le bruit des petites chutes devant la maison. Il laissait la porte du four ouverte et s'asseyait pendant des heures pour la regarder, comme on pourrait regarder lever une miche de pain. Il regardait sa poitrine se soulever et s'abaisser rapidement, tandis que ses petits doigts se refermaient et s'ouvraient et qu'elle plissait les yeux sans raison apparente. *Se pourrait-il qu'elle rêve ?* se demandait-il. *Et si oui, à quoi rêve un bébé ? Elle doit rêver de l'avant-vie – tout comme je rêve de l'après-vie.* Quand il la prenait pour la nourrir ou simplement pour la tenir dans ses bras, son corps était tatoué par l'encre du journal. ENFIN, ON NE SE TEINT PLUS LES MAINS ! LA SOURIS SERA PENDUE ! Ou SOFIOWKA, ACCUSÉ DE VIOL, PLAIDE QUE POSSÉDÉ PAR LE POUVOIR DE PERSUASION DE SON PÉNIS IL « NE SE MAÎTRISAIT PLUS ». Ou encore, AVRUM R, TUÉ DANS UN ACCIDENT AU MOULIN, LAISSE UN CHAT SIAMOIS DE QUARANTE-HUIT ANS QUI S'EST ÉGARÉ, FAUVE, POTELÉ MAIS PAS GRAS, PERSONNALITÉ SYMPATHIQUE, PEUT-ÊTRE UN PEU GRAS, RÉPOND AU NOM DE « MATHUSALEM », D'ACCORD, GRAS COMME UN COCHON. QUI LE TROUVE PEUT LE GARDER. Parfois il la berçait pour l'endormir dans ses bras et, la lisant de gauche à droite, apprenait tout ce qu'il avait besoin de savoir sur le monde. Ce qui n'était pas écrit sur elle n'avait pas d'importance pour lui.

Yankel avait perdu deux enfants au berceau, l'un de la fièvre et l'autre dans un accident au moulin industriel qui avait pris la vie d'un habitant du shtetl chaque année depuis son ouverture. Il avait aussi perdu une épouse, ce n'était pas la mort mais un autre homme qui la lui avait prise. Il était rentré d'un après-midi à la bibliothèque pour découvrir un mot posé sur le SHA-

LOM ! du paillasson de bienvenue devant leur maison :
Il fallait que je le fasse pour moi.

Lilla F tripotait la terre autour d'une de ses marguerites. Debout devant la fenêtre de sa cuisine, Bitzl Bitzl faisait mine de récurer la paillasse. Shloim W épiait à travers la tulipe supérieure d'un de ses sabliers dont il ne trouvait plus la force de se séparer. Personne n'avait rien dit pendant que Yankel lisait le mot et jamais personne ne dit rien après, comme si la disparition de son épouse n'avait strictement rien d'inhabituel ou comme s'ils n'avaient jamais remarqué qu'il avait été marié.

Pourquoi ne pouvait-elle le glisser sous la porte ! se demandait-il. *Pourquoi ne pouvait-elle le plier ?* On aurait dit n'importe lequel des mots qu'elle lui laissait d'ordinaire, comme, *Pourrais-tu essayer d'arranger le heurtoir qui est cassé ?* ou *Je reviens tout de suite, ne t'inquiète pas.* Il trouvait extrêmement étrange qu'un mot d'un genre si différent – *Il fallait que je le fasse pour moi* – puisse avoir exactement la même apparence : banale, futile, rien. Il aurait pu la haïr de l'avoir laissé là à la vue de tous, et il aurait pu la haïr de la simplicité même du message, sans ornement, sans le moindre indice de ce que oui, c'est important, oui, c'est le mot le plus douloureux que j'aie jamais écrit, oui, j'aimerais mieux mourir que d'avoir à l'écrire encore une fois. Où étaient les larmes séchées ? Où, le tremblement de l'écriture ?

Mais son épouse était son premier, son seul amour, et c'était dans la nature des gens de ce shtetl minuscule d'oublier leurs premières, leurs seules amours, alors il se contraignit à comprendre, ou à faire semblant de comprendre. Pas une fois il ne lui reprocha de s'être enfuie à Kiev avec le fonctionnaire itinérant et moustachu qu'on avait appelé comme médiateur dans la procédure brouillonne du honteux procès de Yankel ; le fonctionnaire pouvait promettre d'assurer son avenir, de l'emmener loin de tout, de l'installer en un lieu plus tranquille, débarrassée des soucis, des aveux, ou des plaidoyers. Non, ce n'est pas ça. Débarrassée de Yankel. Elle voulait être débarrassée de Yankel.

Il passa les semaines qui suivirent à chasser de son esprit les images du fonctionnaire baisant sa femme. Par terre au milieu des ustensiles de cuisine. Debout, encore en chaussettes. Sur la pelouse du jardin de leur nouvelle et immense demeure. Il l'imaginait faisant des bruits qu'elle n'avait jamais faits pour lui, éprouvant des plaisirs qu'il n'avait jamais pu lui donner parce que le fonctionnaire était un homme, et que lui n'était pas un homme. *Est-ce qu'elle lui suce le pénis ?* se demandait-il. *Je sais que c'est une pensée idiote, une pensée qui ne m'apportera que de la douleur, mais je ne peux pas m'en libérer. Et quand elle lui suce le pénis, parce qu'elle le fait, c'est sûr, que fait-il, lui ? Lui tire-t-il les cheveux en arrière, pour regarder ? Est-ce qu'il lui pelote la poitrine ? Est-ce qu'il pense à une autre ? Je le tuerai, s'il pense à une autre.*

Le shtetl épiant encore – Lilla tripotant encore, Bitzl Bitzl récurant encore, Shloim faisant encore semblant de mesurer le temps avec du sable –, il avait plié le mot en forme de larme, l'avait glissé dans son revers et était entré. *Je ne sais pas quoi faire*, songeait-il. *Je devrais sans doute me tuer.*

Il ne supportait pas de vivre mais il ne supportait pas de mourir. Il ne supportait pas la pensée qu'elle faisait l'amour avec un autre mais ne supportait pas non plus l'absence de cette pensée. Quant au mot, il ne supportait pas de le garder mais il ne supportait pas de le détruire non plus. Aussi essaya-t-il de le perdre. Il l'abandonnait près des chandeliers pleurant leur cire, le déposait entre les matzoth à Pessah, le laissait tomber sans considération parmi les papiers froissés qui encombraient son bureau, dans l'espoir qu'il n'y serait plus quand il reviendrait. Mais il était toujours là. Massant sa cuisse, il espérait le faire tomber de sa poche quand il s'asseyait sur le banc devant la fontaine de la sirène couchée, mais quand il y glissait la main pour prendre son mouchoir, il était là. Il le cachait comme un signet dans l'un des romans qu'il détestait le plus mais le mot réapparaissait quelques jours plus tard entre les pages d'un des livres de l'Ouest, qu'il était seul à lire au shtetl. Un des livres que le mot lui avait désormais gâtés à jamais. Il en était du mot comme de sa vie, dût sa vie en dépendre, il ne pouvait le perdre. Il lui revenait sans cesse. Il demeurait avec lui, comme une part de lui, comme une tache de naissance, comme un membre, il était sur lui, en lui, il était lui, son hymne : *Il fallait que je le fasse pour moi.*

Il avait perdu tant de feuilles de papier au long des années, tant de clés, de plumes, de chemises, de lunettes, de montres, d'argenterie. Il avait perdu un soulier, ses boutons de manchettes d'opale préférés (les franges d'Avachiste de ses manches s'épanouissaient en désordre), trois années loin de Trachimbrod, des millions d'idées qu'il avait eu l'intention de noter (certaines totalement originales, d'autres pleines de sens et de profondeur), ses cheveux, son maintien, ses parents, deux enfants au berceau, une épouse, une fortune en petite numéraire, plus d'occasions qu'il n'en pouvait compter. Il avait même perdu son nom : il était Safran, avant sa fuite du shtetl, Safran de la naissance à sa première mort. Il n'était rien, aurait-on dit, qu'il ne puisse perdre. Mais ce bout de papier ne disparaissait décidément pas, et jamais non plus l'image de son épouse prosternée, ni la pensée que s'il l'avait pu, il aurait grandement amélioré sa vie en y mettant fin.

Avant le procès, Yankel-alors-Safran était l'objet d'une admiration inconditionnelle. Il était président (et trésorier et secrétaire et unique membre) du Comité pour les Beaux-Arts et le fondateur, président plusieurs fois reconduit et seul enseignant de l'École pour un Enseignement plus Élevé, qui se réunissait chez lui, et aux cours de laquelle assistait Yankel lui-même. Il n'était pas rare qu'une famille reçoive à dîner et serve plusieurs plats en son nom (sinon en sa présence), ou qu'un des membres les plus riches de la communauté commande à un artiste itinérant un portrait de lui. Et les portraits étaient toujours flatteurs. C'était quelqu'un que tout le monde admirait et aimait mais que nul ne connaissait. Il était comme ces livres qu'on trouve flatteur de posséder, dont on peut parler sans les avoir jamais lus et que l'on peut recommander.

Sur le conseil de son avocat, Isaac M, qui dessinait du geste des points d'interrogation dans les airs sur chaque syllabe de chaque mot qu'il prononçait, Yankel plaida coupable de toutes les exactions dont on l'accusait dans l'espoir que cela pourrait atténuer son châtiment. Pour finir, il perdit sa licence d'usurier. Et plus que sa licence. Il perdit sa bonne réputation, ce qui est, comme on dit, la seule chose qui soit pire que de perdre sa bonne santé. Les passants ricanaient à sa vue ou marmottaient entre leurs dents des mots comme canaille, escroc, fumier, jean-foutre. On ne l'aurait pas tant haï si on ne l'avait tant aimé auparavant. Mais avec le Rabbin de la Variété Potagère et Sofiowka, il était l'un des sommets de la communauté – son sommet invisible – et avec sa honte vint un sentiment de déséquilibre, de vide.

Safran parcourut les villages du voisinage, trouvant à s'employer comme maître de clavecin (théorique et pratique), conseiller en parfum (feignant la surdité et la cécité qui lui conféreraient une certaine légitimité en l'absence de toute autre référence), et même, pour une brève tentative malheureuse, comme le plus lamentable diseur de bonne aventure qui soit au monde – *Je ne vais pas mentir, te raconter que ton avenir est plein de promesses...* Il s'éveillait chaque matin avec le désir de bien faire, d'être quelqu'un de bien et dont la vie aurait un sens, d'être, aussi simple que cela paraisse et aussi impossible que c'était en réalité, heureux. Et dans le cours de chacune de ses journées, son cœur descendait de sa poitrine à son ventre. Dès le début de l'après-midi, il était envahi par le sentiment que rien n'était bon, ou bon pour lui en tout cas, et par le désir d'être seul. Quand venait le soir, son désir était satisfait : seul dans l'immensité de son chagrin, seul dans sa culpabilité sans but, seul même dans sa solitude. *Je ne suis pas triste*, se répétait-il sans cesse, *je ne suis pas triste*. Comme s'il avait pu réussir à s'en convaincre un jour. Ou à se duper. Ou à en convaincre les autres – la seule chose qui soit pire qu'être triste, c'est que les autres sachent qu'on est triste. *Je ne suis pas triste. Je ne suis pas triste*. Car sa vie aurait pu accueillir un bonheur sans limites dans la mesure où c'était une pièce vide, blanche. Il s'endormait avec son cœur au pied du lit, comme un quelconque animal domestique qui n'aurait pas fait partie de lui du tout. Et chaque matin il s'éveillait avec son cœur de retour dans le placard de sa cage thoracique, devenu un peu plus lourd, un peu plus faible, mais pompant toujours. Et quand arrivait le milieu de l'après-midi il était de nouveau envahi du désir d'être ailleurs, d'être quelqu'un d'autre, quelqu'un d'autre ailleurs. *Je ne suis pas triste*.

Au bout de trois ans il était revenu au shtetl – je suis la preuve définitive que tous les citoyens qui partent reviennent un jour – pour mener une existence discrète, comme une frange d'Avachiste cousue à la manche de Trachimbrod, contraint de porter cette horrible boule autour du cou comme une marque de sa honte. Il avait changé son nom pour celui de Yankel, le nom du fonctionnaire qui était parti avec son épouse, et demandé que nul ne l'appelle plus jamais Safran (encore qu'il crût entendre ce nom de temps à autre, marmonné dans son dos). Nombre de ses anciens clients lui étaient revenus, et s'ils refusaient d'acquitter les taux de sa période faste, du moins avait-il réussi à se rétablir dans le shtetl natal – comme tous les exilés tentent un jour ou l'autre de le faire.

Quand les hommes chapeautés de noir lui donnèrent l'enfant, il eut le sentiment que lui-même n'était qu'un bébé, qui avait une chance de vivre sans honte, sans besoin de consolation pour une vie vécue dans le mal, une chance d'être de nouveau innocent, simplement et impossiblement heureux. Il la nomma Brod, comme la rivière de son étrange naissance, et lui offrit un collier fait d'une cordelette avec une minuscule boule de boulier, afin qu'elle ne se sentît jamais déplacée dans ce qui serait sa famille.

Quand mon arrière-arrière-arrière-arrière-arrière-grand-mère grandit, elle ne se rappela évidemment rien et il ne lui fut rien dit. Yankel inventa une histoire sur la mort prématurée de sa mère – *sans souffrir, en couches* – et répondit aux nombreuses questions qui se présentaient de la façon qu'il estimait devoir lui causer le moins de chagrin. C'était de sa mère qu'elle tenait ses grandes et belles oreilles. C'était le sens de l'humour de sa mère que tous les garçons admiraient tant chez elle. Il parlait à Brod des vacances que son épouse et lui avaient passées (quand elle lui avait retiré une écharde du talon, à Venise, quand il avait dessiné d'elle un portrait au crayon rouge devant une haute fontaine à

Paris), lui montrait les lettres d'amour qu'ils avaient échangées (écrivant de la main gauche celles de la mère de Brod) et, pour l'endormir, lui racontait l'histoire de leur amour.

C'était un coup de foudre, Yankel ?

J'ai aimé ta mère avant même de la voir — c'était son odeur !

Dis-moi encore comment elle était.

Elle était comme toi. Elle était belle avec ces yeux dépareillés, comme toi. Un bleu, un marron, comme les tiens. Elle avait tes hautes pommettes et aussi ta peau douce.

Quel était son livre préféré ?

La Genèse, bien sûr.

Croyait-elle en Dieu ?

Elle n'a jamais voulu me le dire.

Quelle était la longueur de ses doigts ?

Longs comme ça.

Et ses jambes ?

Comme ça.

Raconte-moi encore comment elle te soufflait sur la figure avant de t'embrasser.

Eh bien voilà, c'est ça, elle soufflait sur mes lèvres avant de m'embrasser, comme si j'étais quelque chose de très chaud et qu'elle allait me manger !

Elle était drôle ? Plus drôle que moi ?

C'était la personne la plus drôle du monde. Exactement comme toi.

Elle était belle ?

C'était inévitable : Yankel tomba amoureux de cette épouse rêvée. Il s'éveillait de son sommeil pour regretter l'absence du poids qui jamais n'avait creusé le lit à côté de lui, se rappeler réellement le poids de gestes qu'elle ne faisait jamais, désirer le non-poids de son non-bras passé en travers de sa poitrine à lui, trop réelle, rendant ses souvenirs de veuf d'autant plus convaincants et sa douleur d'autant plus réelle. Il éprouvait le sentiment de l'avoir perdue. Il l'avait bel et bien perdue. La nuit, il relisait les lettres qu'elle ne lui avait jamais écrites.

Yankel chéri,

Je rentrerai bientôt chez nous et je serai près de toi, alors ce n'est pas la peine que tu continues à dire que je te manque tant, aussi gentil que cela puisse être. Que tu es bête. Le sais-tu ? Sais-tu combien tu es bête ? Peut-être est-ce pour cela que je t'aime tant, parce que je suis bête aussi.

Ici tout est merveilleux. C'est très beau, exactement comme tu me l'avais promis. Les gens sont gentils et je mange bien – je n'en parle que parce que je sais que tu es toujours inquiet à l'idée que je ne prends pas assez soin de moi. Eh bien si, alors ne t'inquiète pas.

Tu me manques vraiment. C'est à peu près insupportable. Chaque instant de chaque jour, je pense à ton absence et cela me tue presque. Mais je serai bientôt avec toi évidemment, et tu ne me manqueras plus, et je n'aurai plus besoin de savoir que quelque chose, que tout, me manque, que ce qu'il y a ici, c'est seulement ce qu'il n'y a pas ici. J'embrasse mon oreiller avant de m'endormir en m'imaginant que c'est toi. On dirait une chose que tu pourrais faire, je sais. C'est sans doute pourquoi je la fais.

Cela fonctionnait presque. Il avait répété les détails si souvent qu'il était presque impossible de les distinguer des faits. Mais le vrai mot ne cessait de lui revenir et c'était cela, il en était sûr, qui lui interdisait cette chose la plus simple et la plus impossible. Le bonheur. *Il fal-*

lait que je le fasse pour moi. Brod le découvrit un jour, quand elle n'était encore âgée que de quelques années. Il s'était mystérieusement retrouvé dans sa poche droite, comme si le billet avait une volonté propre, comme si ces huit mots griffonnés étaient capables de vouloir affecter la réalité. *Il fallait que je le fasse pour moi.* Soit qu'elle en pressentît l'immense importance, soit qu'elle l'estimât dénué de toute importance, elle ne lui en parla jamais mais le déposa sur la table de chevet de Yankel, où il le trouva cette nuit-là après avoir relu une autre lettre qui n'était pas de la mère de Brod, qui n'était pas de son épouse. *Il fallait que je le fasse pour moi.*

Je ne suis pas triste.

Une autre loterie, 1791

Le Rabbin Bien Considéré paya une demi-douzaine d'œufs – sur la base de treize à la douzaine – et une poignée de myrtilles pour faire imprimer l'avis suivant dans la gazette hebdomadaire de Shimon T : un magistrat irascible de Lvov avait demandé un nom pour ce shtetl anonyme, ce nom servirait pour les nouvelles cartes et pour les registres du recensement, il ne devrait pas offenser la sensibilité raffinée de la noblesse ukrainienne ou polonaise, ni être trop difficile à prononcer, et devait impérativement être choisi avant la fin de la semaine.

UN VOTE ! avait proclamé le Rabbin Bien Considéré. *NOUS EN DÉCIDERONS PAR UN VOTE.* Car ainsi que le Rabbin Vénérable l'avait jadis éclairé de ses lumières, *ET SI NOUS CROYONS QUE TOUT ADULTE JUIF PRATIQUANT, DE SEXE MASCULIN, SAIN, D'UNE STRICTE MORALITÉ, SUPÉRIEUR À LA MOYENNE ET PROPRIÉTAIRE, EST NÉ AVEC UNE VOIX QUI DOIT ÊTRE ENTENDUE, NE LES ENTENDRONS-NOUS PAS TOUTES ?*

Le lendemain matin, une urne fut déposée devant la Synagogue Verticale et les citoyens habilités firent la queue le long de la ligne de fracture Juif/Humain. Bitzl Bitzl R vota pour « Farcieville » ; le défunt philosophe Pinchas T pour « Isolat Temporel de Poussière et de Ficelle ». Le Rabbin Bien Considéré donna sa voix à « *SHTETL DES PIEUX VERTICALISTES ET DES INNOMMABLES AVACHISTES AVEC LESQUELS NUL JUIF RESPECTABLE NE DEVRAIT AVOIR AFFAIRE À MOINS QUE LA FOURNAISE NE SOIT SA CONCEPTION DES VACANCES* ».

Le hobereau fou Sofiowka N, qui avait tant de temps et si peu de choses à faire, se chargea de monter la garde devant l'urne tout l'après-midi puis de la livrer au bureau du magistrat de Lvov ce soir-là. Le lendemain matin c'était officiel : situé à vingt-trois kilomètres au sud-est de Lvov, à quatre au nord de Kolki et chevauchant la frontière polono-ukrainienne comme une brindille tombée sur une clôture, se trouvait le shtetl de Sofiowka. Ce nouveau nom était, au grand dam de ceux qui devaient le porter, officiel et irrévocable. Il serait attaché au shtetl tant qu'il existerait.

Bien sûr, personne à Sofiowka ne l'appelait Sofiowka. Jusqu'à ce qu'il possède un nom officiel aussi désagréable, nul n'éprouvait le besoin de l'appeler de quelque manière que ce soit. Mais maintenant qu'il y avait cette insulte – que le shtetl avait ce connard pour éponyme –, les citoyens disposaient d'un nom à ne pas porter. Certains appelèrent même le shtetl Pas-Sofiowka et continuèrent à le faire après qu'un nouveau nom avait été choisi.

Le Rabbin Bien Considéré convoqua de nouveau les votants. *ON NE PEUT CHANGER LE NOM OFFICIEL*, dit-il, *MAIS NOUS DEVONS DISPOSER D'UN NOM RAISONNABLE POUR NOTRE PROPRE USAGE À DES FINS PERSONNELLES*. Si nul ne savait trop ce que ces fins signifiaient – *Est-ce qu'on avait des fins, avant ? Quelle est au juste ma fin parmi nos fins ?* –, ce deuxième vote semblait indiscutablement nécessaire. L'urne fut installée devant la Synagogue Verticale et ce furent les jumelles du Rabbin Bien Considéré, cette fois, qui montèrent la garde.

Le serrurier arthritique Yitzhak W vota pour « Zone-frontière ». L'homme de loi Isaac M pour « Prudence-ville ». Lilla F, descendante du premier Avachiste à avoir lâché le Livre, persuada les jumelles de la laisser glisser frauduleusement dans l'urne un bulletin sur lequel était écrit « Pinchas ». (Les jumelles votèrent aussi : Hannah pour « Chana », et Chana pour « Hannah ».)

Le Rabbin Bien Considéré compta les bulletins ce soir-là. C'était l'impasse ; chacun des noms ne disposait que d'une voix : Loutsk Mineur, *VERTICALEVILLE*, Nouvelle Promesse, Ligne de Fracture, Joshua, Pêne-et-Serrure... Considérant que le fiasco avait assez duré, il décida, ayant raisonné que c'était ce que Dieu aurait fait dans une telle situation, de prendre un bout de papier au hasard dans l'urne et de donner au shtetl le nom, quel qu'il fût, qui y serait inscrit.

Il hocha du chef en lisant ce qui était devenu une écriture familière. *YANKEL A ENCORE GAGNÉ*, dit-il. *YANKEL NOUS A NOMMÉS TRACHIMBROD.*

23 septembre 1997

Cher Jonathan,

Cela m'a fait une personne rose de chatouillis de recevoir ta lettre et de savoir que tu es régressé à l'université pour ton année concluante. Quant à moi, j'ai encore deux années d'études au nombre des restes. Je ne sais pas ce que j'accomplirai après ça. Beaucoup des choses que tu m'as informées en juillet sont encore considérables pour moi, comme ce que tu as articulé au sujet de la quête des rêves, et que si l'on a un bon et significatif rêve, on est dans l'oblongation de le quêter. Ça doit être plus un gâteau pour toi, je dois dire.

Je n'aspirais pas à mentionner ceci, mais je vais le faire. Bientôt, je posséderai assez de numéraire pour acquérir un bon d'avion pour Amérique. Mon père ne sait pas cela. Il pense que je dissémine tout ce que je possède dans des discothèques célèbres, mais c'est par procuration car je vais souvent à la plage me percher pendant tant d'heures, de sorte que je n'aie pas à disséminer de numéraire. Quand je me perche à la plage, je pense à la chance que tu as.

C'était le quatorzième anniversaire de Mini-Igor hier. Il a fait son bras cassé le jour jadis, parce qu'il est tombé encore, cette fois d'une clôture sur laquelle il faisait de la marche à pied, si tu peux le croire. Nous avons tous essayé très inflexiblement de le faire une personne heureuse, et ma mère a préparé un gâteau extra qui avait tant de plafonds et nous avons même tenu un petit festival. Grand-père était présent, bien sûr. Il a enquis comment tu vas, et je lui ai dit que tu régresserais à l'université en septembre, qui est maintenant. Je ne l'ai pas informé au sujet de comment le garde a volé la boîte d'Augustine, parce que je savais qu'il se serait senti honteux et que ça l'avait rendu heureux d'avoir tes nouvelles et il n'est jamais heureux. Il voulait que j'enquiers s'il serait une chose possible pour toi de poster une autre reproduction de la photographie d'Augustine. Il a dit qu'il te présenterait du numéraire pour toute dépense. Je suis très en détresse à propos de lui, comme je t'ai informé dans la dernière lettre. Sa santé est en train d'être défaite. Il ne possède pas l'énergie de devenir morfondu souvent et il est d'ordinaire en silence. En vérité, je favoriserais qu'il me hurle, et même qu'il me donne des coups de poing.

Mon père a acquis une bicyclette neuve pour Mini-Igor pour son anniversaire, qui est un présent supérieur, parce que je sais que mon père ne possède pas assez de numéraire pour des présents comme des bicyclettes. « Le pauvre Empoté, il a dit en étendant sa main sur l'épaule de Mini-Igor, il faut qu'il soit heureux à son anniversaire. » J'ai engainé une image de la bicyclette dans l'enveloppe. Dis-moi si elle est impressionnante. S'il te plaît, sois véridique. Je ne serai pas en colère si tu me dis qu'elle n'est pas impressionnante.

J'ai résolu de n'aller nulle part de célèbre hier soir. Au lieu, je me suis perché à la plage. Et je n'étais pas dans ma solitude normale parce que j'avais pris la photographie d'Augustine avec moi. Je dois te confes-

ser que je l'examine avec tant de récurrence, et persévère de penser au sujet de ce que tu as dit au sujet de tomber amoureux d'elle. Elle est belle. Tu es juste.

Assez de conversation miniature. Je suis en train de te faire une personne très ennuyante. Je vais maintenant parler au sujet de cette affaire de l'histoire. J'ai perçu que tu n'étais pas aussi apaisé par la seconde division. Je m'aplatis encore pour ceci. Mais tes corrections étaient si faciles. Merci de m'informer que c'est « chier des briques », et aussi « quel bol il a ». C'est très utile pour moi de connaître les expressions correctes. C'est nécessaire. Je sais que tu m'as demandé de ne pas altérer les fautes parce qu'elles font humoristique, et qu'humoristique est la seule véridique façon de raconter une histoire triste, mais je pense que je vais les altérer. S'il te plaît ne me déteste pas.

J'ai bien façonné toutes les autres corrections que tu commandais. J'ai inséré ce que tu as ordonné dans la partie de quand je t'ai rencontré la première fois. (Penses-tu en vérité que nous sommes comparables ?) Comme tu l'as commandé, j'ai retiré la phrase « Il était gravement petit », et inséré à sa place, « Comme moi, il n'était pas grand. » Et après la phrase « "Oh", dit grand-père, et j'ai perçu qu'il se départait encore d'un rêve », j'ai ajouté, comme tu commandais, « Au sujet de grand-mère ? »

Avec ces changements, j'ai confiance que la deuxième partie de l'histoire est parfaite. J'ai été incapable d'ignorer d'observer que tu m'as encore posté de la numéraire. Pour cela, encore je te remercie. Mais je perroquette ce que j'ai articulé avant : si tu n'es pas apaisé par ce que je te poste, et aimerais avoir ton numéraire posté en retour, je le posterai en retour immédiatement. Je ne pourrais pas me sentir fier d'aucune autre manière.

J'ai besogné très dur sur la prochaine section. C'était la plus rétive jusqu'ici. J'ai tenté de deviner certaines des choses que tu me ferais altérer et je les ai altérées moi-même. Par exemple, je n'ai pas utilisé le mot « morfondre » avec une telle habitualité, parce que j'ai perçu qu'il te mettait sur les nerfs par la phrase dans ta lettre quand tu disais, « Arrête d'utiliser le mot "morfondre", ça me tape sur les nerfs. » J'ai aussi inventé des choses que je croyais t'apaiser, des choses drôles et des choses tristes. Je suis certain que tu m'informeras quand j'ai voyagé trop loin.

Concerné au sujet de ton écriture, tu m'as envoyé beaucoup de pages mais je dois te dire que je les ai toutes lues chacune. Le Livre des rêves récurrents *était une très belle chose et je dois dire que le rêve que nous sommes nos pères m'a rendu mélancolique. C'est ce que tu avais l'intention, oui ? Bien sûr, je ne suis pas mon père, donc peut-être je suis l'oiseau rare de ton roman. Quand je regarde dans le reflet, ce que je contemple n'est pas mon père mais le négatif de mon père.*

Yankel. C'est un brave homme, oui ? Pourquoi tu penses qu'il a fait d'escroquer cet homme tant d'années avant ? Peut-être qu'il avait besoin du numéraire très gravement. Je sais comment c'est, malgré que jamais je n'escroquerais aucune personne. J'ai trouvé stimulant que tu aies fait une autre loterie, cette fois pour dénommer le shtetl. Ça m'a fait penser au sujet de ce que je dénommerais Odessa si on me donnait le pouvoir. Je pense que je la dénommerais Alex, parce que alors tout le monde saurait que je suis Alex et que le nom de la ville est Alex, donc je dois être une personne très extra. Je pourrais aussi l'appeler Mini-Igor, parce que les gens penseraient que mon frère est une personne extra, ce qu'il est, mais ce serait bien que les

23 septembre 1997

gens le pensent. (C'est une chose bizarre comment je souhaite tout pour mon frère ce que je souhaite pour moi-même, encore plus rétivement.) Peut-être que je l'appellerais Trachimbrod, parce que alors Trachimbrod pourrait exister et aussi tout le monde ici acquerrait ton livre et tu pourrais devenir célèbre.

Je suis regretté de finir cette lettre. C'est ce que nous avons d'aussi proximal de la conversation. J'espère que tu es apaisé par la troisième division et, comme toujours, je demande ta mansuétude. J'ai tenté d'être véridique et beau, comme tu me l'as dit.

Ah, oui. Il y a un article additionnel. Je n'ai pas amputé Sammy Davis Junior, Junior de l'histoire, malgré que tu m'as conseillé que je devrais l'amputer. Tu as articulé que l'histoire serait plus « raffinée » avec son absence, et je sais que raffiné est comme cultivé, poli et bien élevé, mais je t'informerai que Sammy Davis Junior, Junior est un personnage très distingué avec des appétits très bigarrés et des sièges de passion. Contemplons son évolution et nous résoudrons ensuite.

Ingénument,
Alexandre

Aller de l'avant à Loutsk

Sammy Davis Junior, Junior convertit son attention de mastiquer sa queue à tenter de nettoyer les lunettes du héros en les léchant, et je vous dirai qu'elles avaient besoin de nettoyage. J'écris qu'elle essayait parce que le héros ne se montrait pas sociable. « Pourriez-vous m'enlever ce chien, s'il vous plaît ? dit-il, faisant son corps en une boule. S'il vous plaît. Je n'aime vraiment pas les chiens. » « Elle est seulement en train de faire des jeux avec vous, lui dis-je quand elle mit son corps sur le sien et lui donna des coups avec ses pattes arrière. Ça signifie qu'elle vous aime bien. » « S'il vous plaît », dit-il en tentant de l'ôter. Elle faisait maintenant des bonds et aussi en retombant sur sa figure. « Je ne l'aime vraiment pas. Je n'ai pas envie de jeux. Elle va casser mes lunettes. »

Je mentionnerai maintenant que Sammy Davis Junior, Junior est très souvent sociable avec ses nouveaux amis, mais que je n'avais jamais témoigné une chose comme celle-là. Je raisonnai qu'elle était amoureuse du héros. « Endossez-vous de l'eau de Cologne ? » demandai-je. « Quoi ? » « Endossez-vous de l'eau de Cologne ? » Il fit une rotation de son corps de sorte que sa figure était dans le siège, détournée de Sammy Davis Junior, Junior. « Peut-être un peu », dit-il, défendant les arrières de sa tête avec ses mains. « Parce qu'elle adore l'eau de Cologne. Ça la fait sexuellement stimulée. » « Seigneur. » « Elle essaye de faire le sexe avec vous. C'est un bon signe. Ça signifie qu'elle ne mordra pas. » « Au secours ! » dit-il quand Sammy Davis Junior, Junior fit une rotation pour faire un soixante-neuf. Pendant tout ceci, grand-père retournait encore de son repos. « Il ne l'aime pas », lui dis-je. « Mais si », dit grand-père, et ce fut tout. « Sammy Davis Junior, Junior ! lançai-je. Assis ! » Et voulez-vous savoir ? Elle s'assit. Sur le héros. Dans la position soixante-neuf. « Sammy Davis Junior, Junior ! Assieds-toi de ton côté du siège arrière ! Descends du héros ! » Je crois qu'elle me comprendit parce qu'elle s'ôta du héros et revint à cogner sa figure contre la fenêtre de l'autre côté. Ou peut-être qu'elle avait léché toute l'eau de Cologne du héros et n'était plus intéressée à lui sexuellement mais seulement comme ami. « Vous sentez cette odeur épouvantable ? » enquit le héros ôtant l'humidité de sa nuque. « Non », dis-je. Une bienséante non-vérité. « Il y a une odeur épouvantable. Ça pue comme s'il y avait un mort dans la voiture. Qu'est-ce que c'est ? » « Je ne sais pas », dis-je, malgré que j'avais une idée.

Je ne cogite pas qu'il y avait une personne dans la voiture qui était surprise quand nous devînmes perdus parmi la gare de Lvov et l'autoroute de Loutsk. Grand-père fit une rotation pour dire au héros, « Je déteste Lvov. » « Qu'est-ce qu'il dit ? » me demanda le héros. « Il a dit que ce ne sera pas long », lui dis-je, encore une non-vérité bienséante. « Long avant quoi ? » demanda le héros. Je dis à grand-père, « Tu n'es pas obligé d'être gentil avec moi. Mais ne gaffe pas avec le juif. » Il dit, « Je peux lui dire tout ce que je veux. Il ne comprend pas. » Je fis une rotation verticale de ma tête pour bénéficier le héros. « Il dit que ce ne sera pas long avant d'arriver à l'autoroute de Loutsk. » « Et de là ? demanda le héros. Combien de temps de là jusqu'à Loutsk ? » Il apposa son attention sur Sammy Davis Junior, Junior qui cognait encore sa tête contre la fenêtre. (Mais je mentionnerai qu'elle était une bonne chienne, parce qu'elle cognait sa tête contre sa fenêtre seulement, et quand on est en voiture, chienne ou pas chienne, on peut faire tout ce qu'on désire du moment qu'on reste de son côté. Et aussi elle ne pétait pas beaucoup.) « Dis-lui de fermer sa bouche, dit grand-père. Je ne peux pas conduire s'il parle tout le temps. » « Notre chauffeur dit qu'il y a tant d'immeubles à Loutsk », dis-je au héros. « Nous sommes payés prodigieusement pour l'écouter parler », dis-je à grand-père. « Pas moi », dit-il. « Moi non plus, dis-je, mais quelqu'un l'est. » « Quoi ? » « Il dit que par l'autoroute ce n'est pas plus que deux heures pour Loutsk, où nous trouverons un hôtel terrible pour la nuit. » « Qu'entendez-vous par terrible ? » « Quoi ? » « Je dis, qu'entendez-vous… quand… vous… dites… que… l'hôtel… sera… terrible ? » « Dis-lui de fermer sa bouche. » « Grand-père dit que vous devriez regarder par votre fenêtre si vous voulez voir quoi que ce soit. » « Et alors, l'hôtel terrible ? » « Ah, je vous implore d'oublier que j'ai dit ça. » « Je déteste Lvov. Je déteste Loutsk. Je déteste le juif sur la banquette arrière de cette voiture que je déteste. » « Tu ne rends pas tout ceci plus un gâteau. » « Je suis aveugle. Je suis censé avoir pris mon retardement. » « Qu'est-ce que vous racontez tous les deux ? Et qu'est-ce que c'est que cette saloperie d'odeur ? » « Quoi ? » « Dis-lui de fermer sa bouche ou je nous conduirai hors de la route. » « Qu'est-ce… que… vous… ra… con… tez… tous… les… deux ? » « Le juif doit être contraint au silence. Je vais nous tuer. » « Nous disions que le voyage va peut-être être plus long que nous ne le désirions. »

Cela captura cinq très longues heures. Si vous voulez savoir pourquoi, c'est parce que grand-père est d'abord grand-père et seulement ensuite chauffeur. Il nous fit perdre souvent et devint sur ses nerfs. Je devais traduire sa colère en informations utiles pour le héros. « Putain », disait grand-père. Je disais, « Il dit que si vous regardez les statues, vous verrez que certaines n'endurent plus. Ce sont celles où il y avait des statues communistes avant. » « Putain de putain de putain de putain de merde ! » hurlait grand-père. « Ah, disais-je, il veut que vous savez que cet immeuble, cet immeuble et cet immeuble sont tous importants. » « Pourquoi ? » enquit le héros. « Putain ! » dit grand-père. « Il ne se rappelle pas », dis-je.

« Pourriez-vous mettre la climatisation ? » commanda le héros. Je fus humilié au maximum. « Cette voiture n'a pas la climatisation, dis-je. Je m'aplatis d'excuses. » « Bon, peut-on ouvrir les fenêtres ? Il fait vraiment chaud. Et ça pue la chose morte. » « Sammy Davis Junior, Junior sautera par la fenêtre. » « Qui ? » « La chienne. Elle s'appelle Sammy Davis Junior, Junior. » « C'est une blague ? » « Non, elle sautera en vérité de la voiture. » « Mais comment il s'appelle ? » « *Elle* s'appelle », le rectifiai-je, parce que je suis de premier ordre avec les pronoms. « Dis-lui de se coller les lèvres au velcro », dit grand-père. « Il dit que la chienne fut nommée d'après son chanteur préféré qui était Sammy Davis Junior. » « Un juif », dit le héros. « Quoi ? » « Sammy Davis Junior était juif. » « Ce n'est pas possible », dis-je. « Converti. Il avait trouvé le Dieu juif. C'est drôle. » Je dis ceci à grand-père. « Sammy Davis Junior n'était pas juif ! hurla-t-il. C'était le nègre du *Rat Pack* ! » « Le juif en est certain. » « Le *Music Man* ? Un juif ? Ce n'est pas une chose possible ! » « C'est ce qu'il m'informe. » « Viens ici, Dean Martin Junior !

hurla-t-il vers le siège arrière. Viens ici ! Viens, ma fille ! » « Est-ce qu'on peut ouvrir la fenêtre, s'il vous plaît ? dit le héros. Je ne peux pas vivre dans cette odeur. » Alors je dus m'aplatir plus plat d'excuses que je ne m'étais jamais aplati. « Ce n'est que Sammy Davis Junior, Junior. Elle fait terrible pétage dans la voiture parce qu'elle n'a ni amortisseurs ni traverses, mais si nous ouvrons la fenêtre, elle sautera dehors et nous avons besoin d'elle parce qu'elle est la chienne voyante de notre chauffeur aveugle qui est aussi mon grand-père. Qu'est-ce que vous ne comprenez pas ? »

Ce fut pendant ces cinq heures de voiture de la gare de Lvov à Loutsk que le héros m'expliqua pourquoi il venait en Ukraine. Il excava plusieurs articles de son sac de flanc. D'abord il m'exhiba une photographie. Elle était jaune et pliée et avait tant de morceaux d'adhésif pour l'apposer ensemble. « Vous voyez ? dit-il. C'est mon grand-père Safran. » Il montrait un jeune homme qui je dirai apparaissait beaucoup comme le héros, et aurait pu être le héros. « Elle a été prise pendant la guerre. » « À qui ? » « Non, pas prise dans ce sens-là. La photographie a été faite. » « Je comprends. » « Ces gens qui sont avec lui sont la famille qui l'a sauvé des nazis. » « Quoi ? » « Ils... l'ont... sauvé... des... na... zis. » « À Trachimbrod ? » « Non, quelque part en dehors de Trachimbrod. Il a échappé au raid nazi sur Trachimbrod. Tous les autres ont été tués. Il a perdu son épouse et un bébé. » « Perdu ? » « Ils ont été tués par les nazis. » « Mais si ce n'était pas Trachimbrod, pourquoi nous allons à Trachimbrod ? Et comment trouverons-nous cette famille ? » Il m'expliqua que nous ne cherchions pas la famille mais cette fille. Elle serait la seule survivante.

Il remua son doigt le long de la figure de la fille sur la photographie en la mentionnant. Elle était à côté de son grand-père à lui dans l'image. Un homme qui j'en suis certain était son père était à côté d'elle et une femme qui j'en suis certain était sa mère était derrière elle. Ses parents apparaissaient très russes mais pas elle. Elle apparaissait américaine. Elle était jeune, peut-être quinze ans. Mais il est possible qu'elle avait plus d'âge. Elle aurait pu être aussi âgée que le héros et moi, comme aurait pu être le grand-père du héros. J'ai regardé la fille tant de minutes pendantes. Elle était si si belle. Ses cheveux étaient bruns et reposaient seulement sur ses épaules. Ses yeux apparaissaient tristes et pleins d'intelligence.

« Je veux voir Trachimbrod, dit le héros. Voir à quoi ça ressemble, comment mon grand-père a grandi. Où je serais aujourd'hui s'il n'y avait pas eu la guerre. » « Vous seriez ukrainien. » « C'est ça. » « Comme moi. » « Oui. » « Seulement pas comme moi parce que vous seriez un fermier d'une ville non impressionnante et que je vis à Odessa qui est beaucoup comme Miami. » « Et je veux voir ce que c'est devenu, maintenant. Je crois qu'il ne reste pas de juifs, mais peut-être que si. Et il n'y avait pas que des juifs dans les shtetls, alors on devrait trouver d'autres gens avec qui parler. » « Les quoi ? » « Les shtetls. Un shtetl, c'est comme un village. » « Pourquoi ne pas l'appeler simplement un village ? » « C'est un mot juif. » « Un mot juif ? » « Yiddish. Comme schmock. » « Qu'est-ce que ça veut dire, schmock ? » « Quelqu'un qui fait quelque chose avec quoi on n'est pas d'accord est un schmock. » « Apprenez-moi un autre. » « Putz. » « Qu'est-ce que ça veut dire ? » « C'est comme schmock. » « Apprenez-moi un autre. » « Schmendrik. » « Qu'est-ce que ça veut dire ? » « C'est aussi comme schmock. » « Vous connaissez un seul mot qui ne soit pas comme schmock ? » Il réfléchit un moment. « Shalom, dit-il, c'est en fait trois mots, mais c'est de l'hébreu, pas du yiddish. Tout ce que je trouve est plus ou moins schmock. Les Eskimos ont quatre cents mots pour neige et les juifs quatre cents pour schmock. » Je me demandai, Qu'est-ce qu'un Eskimo ?

« Alors, nous allons visiter le shtetl ? » enquis-je au héros. « Je me suis dit que c'était un bon endroit pour commencer nos recherches. » « Recherches ? » « D'Augustine. » « Qui est Augustine ? » « La fille de la photographie. C'est la seule qui serait encore en vie. » « Ah. Nous rechercherons Augustine qui vous croyez sauva votre grand-père des nazis. » « Oui. » Ce fut très silencieux un moment. « J'aimerais la trouver », dis-je. Je perçus que cela apaisait le héros, mais je ne le disais pas pour l'apaiser. Je le disais parce que c'était digne de foi. « Et ensuite, dis-je, si nous la trouvons ? » Le héros fut une personne pensive. « Ensuite je ne sais pas. J'imagine que je la remercierai. » « D'avoir sauvé votre grand-père ? » « Oui. » « Ce sera très étrange, oui ? » « Quoi ? » « Quand nous la trouverons. » « Si nous la trouvons. » « Nous la trouverons. » « Probablement pas », dit-il. « Alors pourquoi nous recherchons ? j'enquis, mais avant qu'il puisse répondre, je l'interrompis avec une autre enquête. Et comment savez-vous qu'elle s'appelle Augustine ? » « Je ne le sais pas vraiment. Derrière, vous voyez, là, il y a quelques mots de l'écriture de mon grand-père, je crois. Peut-être pas. C'est du yiddish. Ça dit : "Moi avec Augustine, 21 février 1943." » « C'est très difficile à lire. » « Oui. » « Pourquoi vous pensez qu'il remarque seulement au sujet d'Augustine et pas des deux autres personnes sur la photographie ? » « Je ne sais pas. » « C'est étrange, oui ? C'est étrange qu'il remarque seulement elle. Vous pensez qu'il l'aimait ? » « Quoi ? » « Parce qu'il remarque seulement elle. » « Et alors ? » « Alors peut-être qu'il l'aimait. » « C'est drôle que vous pensiez ça. Nous devons penser de la même façon. » (Merci, Jonathan.) « En fait, j'y ai beaucoup pensé, sans avoir de bonnes raisons. Il avait dix-huit ans et elle avait, quoi, dans les quinze ? Il venait de perdre sa femme et sa fille dans le raid des nazis sur le shtetl. » « Trachimbrod ? » « C'est ça. Après tout, ce qui est écrit n'a peut-être rien à voir avec la photo. Il aurait pu s'en servir comme brouillon. » « Brouillon ? » « Du papier sans importance. N'importe quoi pour écrire dessus. » « Ah. » « En fait, je n'en ai pas la moindre idée. Ça semble si improbable qu'il ait pu l'aimer. Mais est-ce qu'il n'y a pas quelque chose d'étrange dans cette photo, ils sont si près l'un de l'autre, alors même qu'ils ne se regardent pas ? La *façon* qu'ils ont de ne pas se regarder. L'air distant. C'est très fort, vous ne pensez pas ? Et ce qu'il a écrit au dos. » « Oui. » « Et que nous pensions tous les deux à la possibilité de cet amour, c'est étrange aussi. » « Oui », dis-je. « Une part de moi voudrait qu'il l'ait aimée et une autre part de moi déteste cette idée. » « Quelle est la part de vous qui déteste s'il l'aimait ? » « Vous savez, c'est bien de penser qu'il y a des choses irremplaçables. » « Je ne comprends pas. Il a marié votre présente grand-mère, alors quelque chose doit avoir été remplacé. » « Mais ce n'est pas pareil. » « Pourquoi ? » « Parce que c'est ma grand-mère. » « Augustine aurait pu être votre grand-mère. » « Non, elle aurait pu être la grand-mère de quelqu'un d'autre. Je n'en sais rien, elle l'est peut-être. Peut-être qu'il a eu des enfants avec elle. » « Ne dites pas cela de votre grand-père. » « Mais puisque je sais qu'il a eu d'autres enfants avant, en quoi cela serait-il si différent ? » « Et si nous révélions un de vos frères ? » « Ça n'arrivera pas. » « Et comment avez-vous obtenu cette photographie ? » demandai-je en la tenant près de la fenêtre.

« Ma grand-mère l'a donnée à ma mère il y a deux ans et elle lui a dit que c'était la famille qui avait sauvé mon grand-père des nazis. » « Pourquoi seulement deux ans ? » « Que voulez-vous dire ? » « Pourquoi c'était si nouvellement qu'elle l'a donnée à votre mère ? » « Ah, je comprends. Elle avait ses raisons. » « Que sont ses raisons ? » « Je ne sais pas. » « L'avez-vous enquise sur l'écriture derrière ? » « Non. On ne pouvait rien lui demander là-dessus. » « Pourquoi ? » « Elle a gardé cette photographie pour elle pendant cinquante ans. Si elle avait voulu nous en dire quoi que ce soit, elle l'aurait fait. » « Maintenant je comprends ce que vous dites. » « Je n'ai même pas pu lui dire que j'allais en Ukraine. Elle me croit encore à Prague. » « Pourquoi cela ? » « Elle n'a pas de bons souvenirs d'Ukraine. Son shtetl, Kolki, est à quelques kilomètres seulement de Trachimbrod. Je pense que nous irons aussi. Mais toute sa famille a été tuée, tout le monde, mère, père, sœurs, grands-parents. » « Un Ukrainien l'a sauvée ? » « Non, elle avait fui avant la guerre. Elle était jeune, elle a quitté sa famille. » Elle a quitté sa famille. J'écrivis ceci dans mon cerveau. « Cela me surprend que personne n'ait sauvé sa famille », dis-je. « Ça n'a rien de surprenant. Les Ukrainiens, à cette époque, ont été terribles avec les juifs. Presque aussi mauvais que les nazis. Le monde était différent. Au début de la guerre, beaucoup de juifs voulaient s'adresser aux nazis pour être protégés des Ukrainiens. » « Ce n'est pas vrai. » « C'est vrai. » « Je ne peux pas croire ce que vous dites. » « Regardez dans les livres d'histoire. » « Cela n'est pas dit dans les livres d'histoire. » « Bien, mais c'est comme ça. Les Ukrainiens étaient connus pour être terribles avec les juifs. Comme les Polonais. Écoutez, je ne veux pas vous offenser. Cela n'a rien à voir avec vous. Nous parlons de ce qui se passait il y a cinquante ans. » « Je crois que vous vous trompez », dis-je au héros. « Je ne sais pas quoi dire. » « Dites que vous vous trompez. » « Je ne peux pas. » « Vous le devez. »

« Voilà mes cartes », dit-il, excavant quelques bouts de papier de son sac. Il en montrait une qui était mouillée de Sammy Davis Junior, Junior. Sa langue, j'espérais. « Voilà Trachimbrod, dit-il. On l'appelle aussi Sofiowka sur certaines cartes. Voilà Loutsk. Là, c'est Kolki. C'est une vieille carte. La plupart des endroits que nous cherchons ne figurent pas sur les nouvelles cartes. Tenez », dit-il. Et il me la présenta. « Vous verrez où nous devons aller. C'est tout ce que j'ai. Ces cartes et la photographie. Ce n'est pas beaucoup. » « Je peux vous promettre que nous trouverons cette Augustine », dis-je. Je perçus que cela apaisait le héros. Cela m'apaisait aussi. « Grand-père », dis-je en faisant de nouveau une rotation vers l'avant. J'expliquai tout ce que le héros venait de m'articuler. Je l'informai au sujet d'Augustine et des cartes et de la grand-mère du héros. « Kolki ? » demanda-t-il. « Kolki », dis-je. Je fus certain d'impliquer chaque détail, et aussi j'inventai plusieurs nouveaux détails, pour que grand-père comprenne l'histoire plus. Je perçus que cette histoire faisait grand-père très mélancolique. « Augustine », dit-il, et il poussa Sammy Davis Junior, Junior sur moi. Il scruta la photographie pendant que j'amarrais le volant. Il la mit près de sa figure, comme s'il voulait la renifler ou la toucher avec ses yeux. « Augustine. » « C'est celle que nous cherchons », dis-je. Il remua sa tête ci et çà. « Nous la trouverons », dit-il. « Je sais », dis-je. Mais je ne savais pas, et grand-père non plus.

Quand nous atteignîmes l'hôtel, c'était déjà l'obscurité commencée. « Vous devez rester dans la voiture », dis-je au héros, parce que le propriétaire de l'hôtel saurait que le héros est américain et mon père m'avait dit qu'ils facturent les Américains en surplus. « Pourquoi ? » demanda-t-il. Je lui dis pourquoi. « Comment sauront-ils que je suis américain ? » « Dis-lui de rester dans la voiture, dit grand-père, ou ils le factureront deux fois. » « Je fais des efforts », lui dis-je. « J'aimerais entrer avec vous, dit le héros, pour voir un peu l'endroit. » « Pourquoi ? » « Pour voir un peu. Voir à quoi ça ressemble. » « Vous pourrez voir à quoi ça ressemble quand j'aurai pris les chambres. » « Je préférerais le faire tout de suite », dit-il, et je dois confesser qu'il commençait à être sur mes nerfs. « Mais qu'est-ce qu'il raconte encore, nom de Dieu de bordel de merde ? » demanda grand-père. « Il veut entrer avec moi. » « Pourquoi ? » « Parce que c'est un Américain. » « Vous êtes d'accord pour que j'y aille ? » demanda-t-il encore. Grand-père se tourna vers lui et me dit, « C'est lui qui paye. S'il veut payer en surplus, qu'il paye en surplus. » Alors je l'ai emmené avec moi quand je suis entré à l'hôtel pour payer deux chambres. Si vous voulez savoir pourquoi deux chambres, une était pour grand-père et moi, et l'autre était pour le héros. Mon père disait que ce devait être de cette manière.

Quand nous entrâmes l'hôtel, je dis au héros de ne pas parler. « Ne parlez pas », dis-je. « Pourquoi ? » demanda-t-il. « Ne parlez pas », dis-je sans beaucoup de volume. « Pourquoi ? » demanda-t-il. « Je vous le précepterai plus tard. Chut. » Mais il continua d'enquérir pourquoi il ne devrait pas parler et comme j'en étais certain il fut entendu par le patron de l'hôtel. « J'aimerais contempler vos documents », dit le patron. « Il faut qu'il contemple vos documents », dis-je au héros. « Pourquoi ? » « Donnez-les-moi. » « Pourquoi ? » « Si nous devons avoir une chambre, il faut qu'il contemple vos documents. » « Je ne comprends pas. » « Il n'y a rien à comprendre. » « Y a-t-il un problème ? m'enquit le patron. Parce que c'est le seul hôtel de Loutsk qui possède encore des chambres à cette heure du soir. Désirez-vous tenter votre chance dans la rue ? »

Je fus finalement capable de prévaloir sur le héros de donner ses documents. Il les remisait dans une chose à sa ceinture. Plus tard, il me dit que cela s'appelle une banane, et que les bananes ne sont pas cool en Amérique. Et s'il endossait une banane, c'était seulement parce qu'un guide disait qu'il devrait en endosser une pour garder ses documents près de sa section du milieu. Comme j'en étais certain, le patron de l'hôtel factura le héros un tarif étranger spécial. Je n'éclairai pas le héros de ceci, parce que je savais qu'il aurait manufacturé des requêtes jusqu'à ce qu'il ait à payer quatre fois et pas seulement deux, ou jusqu'à ce que nous ne recevions aucune chambre pour la nuit et que nous devions reposer dans la voiture, comme grand-père en avait fait une accoutumance.

Quand nous retournâmes à la voiture, Sammy Davis Junior, Junior mastiquait sa queue dans le siège arrière et grand-père s'était remis à manufacturer des RRR. « Grand-père, dis-je, ajustant son bras. Nous obtînmes une chambre. » Je dus le bouger avec beaucoup de violence de façon à le réveiller. Quand il épanouit les yeux, il ne savait pas où il était. « Anna ? » demanda-t-il. « Non, grand-père, dis-je. C'est moi, Sacha. » Il était tant honteux et cacha sa figure de moi. « Nous obtînmes une chambre », dis-je. « Il se sent bien ? » me demanda le héros. « Oui, il est moulu. » « Ça ira, pour demain ? » « Bien sûr. » Mais, en vérité, grand-père n'était pas dans son état normal. Ou peut-être il était dans son état normal. Je ne savais pas ce qu'était son état normal. Je me rappelais une chose que mon père m'avait dite. Quand j'étais petit, grand-père disait que j'avais l'air d'une combinaison de mon père, de ma mère, de Brejnev et de moi-même. J'avais toujours pensé que cette histoire était très drôle jusqu'à cet instant dans la voiture devant l'hôtel à Loutsk.

Je dis au héros de ne laisser aucun de ses sacs dans la voiture. C'est une mauvaise et populaire habitude de gens en Ukraine de prendre les choses sans les demander. J'ai lu que New York City est très dangereux mais je dois dire qu'Ukraine est plus dangereuse. Si vous voulez savoir qui nous protège des gens qui prennent sans demander, c'est la police. Si vous voulez savoir qui nous protège de la police, c'est les gens qui prennent sans demander. Et très souvent, c'est les mêmes gens.

« Mangeons », dit grand-père, et il commença à conduire. « Vous avez faim ? » je demandai au héros, qui était encore l'objet sexuel de Sammy Davis Junior, Junior. « Enlevez-la-moi », dit-il. « Vous avez faim ? » répétai-je. « S'il vous plaît ! » implora-t-il. Je l'appelai, et comme elle ne répondit pas je lui mis un coup de poing dans la figure. Elle se déplaça de son côté du siège arrière, parce que maintenant elle comprenait ce que veut dire être idiot avec la mauvaise personne, et commença à pleurer. Est-ce que je me sentais très mal ? « Je suis affamé », dit le héros, levant la tête de ses genoux. « Quoi ? » « Oui, j'ai faim. » « Alors vous avez faim. » « Oui. » « Bon. Notre chauffeur... » « Dites grand-père. Ça ne me gêne pas. » « Il n'est pas Eugène. » « J'ai dit *me gêne*, pas Eugène. » « Qu'est-ce que ça veut dire, mogène ? » « Contrarier. » « Qu'est-ce que ça veut dire, contrarier ? » « Embêter, déranger, déplaire. » « Je comprends déplaire. » « Donc vous pouvez l'appeler grand-père, c'est ça que je vous disais. »

Nous devînmes très affairés à parler. Quand je fis une rotation vers grand-père, je vis qu'il examinait Augustine encore. Il y avait une tristesse parmi lui et la photographie, et rien au monde ne m'effrayait plus que cela. « Nous allons manger », lui dis-je. « Très bien », dit-il, tenant la photographie très près de sa figure. Sammy Davis Junior, Junior persévérait à pleurer. « Mais il y a une chose », dit le héros. « Quoi ? » « Je suis… » « Apaisé de manger, oui ? » « Je suis végétarien. » « Je ne comprends pas. » « Je ne mange pas de viande. » « Pourquoi ? » « C'est comme ça. » « Comment pouvez-vous ne pas manger de viande ? » « J'en mange pas, voilà. » « Il ne mange pas de viande », dis-je à grand-père. « Mais si », m'informa-t-il. « Mais si », informai-je de même le héros. « Non. Je vous dis que non. » « Pourquoi ? » lui enquis-je encore. « C'est comme ça. Jamais de viande. » « Du porc ? » « Non. » « La viande ? » « Pas de viande. » « Du bifteck ? » « Non. » « Des poulets ? » « Non. » « Vous mangez du veau ? » « Surtout pas ! » « Et la saucisse ? » « Pas de saucisse non plus. » Je dis cela à grand-père et il me présenta une expression très mogène. « Qu'est-ce qu'il a qui ne va pas ? » demanda-t-il. « Qu'est-ce que vous avez qui ne va pas ? » lui demandai-je. « Je suis comme ça, c'est tout », dit-il. « Des hamburgers ? » « Non. » « De la langue ? » « Qu'est-ce qu'il a dit qui n'allait pas ? » demanda grand-père. « Il est comme ça, c'est tout. » « Il mange de la saucisse ? » « Non. » « Pas de saucisse ? » « Non. Il dit qu'il ne mange pas de saucisse. » « En vérité ? » « C'est ce qu'il dit. » « Mais la saucisse… » « Je sais. En vérité, vous ne mangez pas de saucisse ? » « Pas de saucisse. » « Pas de saucisse », dis-je à grand-père. Il ferma les yeux et essaya de mettre les bras autour de son estomac, mais il n'y avait pas de place à cause du volant. Il apparaissait comme s'il devenait la nausée parce que le héros ne mangeait pas de saucisse. « Bon, qu'il déduise ce qu'il va manger. Nous allons au restaurant le plus proximal. »

« Vous êtes un schmuck », informai-je le héros. « Vous n'utilisez pas ce mot correctement », dit-il. « Mais si », dis-je.

« Comment ça, il ne mange pas de viande ? » demanda la serveuse, et grand-père plaça la tête dans ses mains. « Ça ne va pas ? » demanda-t-elle. « Qui ? Celui qui ne mange pas de viande, celui qui a la tête dans ses mains, ou la chienne qui mastique sa queue ? » « Celui qui ne mange pas de viande. » « Il est comme ça, c'est tout. » Le héros demanda au sujet de quoi nous parlions. « Ils n'ont rien sans viande », l'informai-je. « Il ne mange pas de viande du tout ? » m'enquit-elle de nouveau. « C'est seulement qu'il est comme ça », lui dis-je. « De la saucisse ? » « Pas de saucisse », répondit grand-père à la serveuse, faisant une rotation de sa tête de là à là. « Vous pourriez peut-être manger un peu de viande, suggérai-je au héros, parce qu'ils n'ont rien qui n'est pas de la viande. » « Ils n'ont pas de pommes de terre ou je ne sais quoi ? » demanda-t-il. « Vous avez des pommes de terre ? demandai-je à la serveuse. Ou je ne sais quoi ? » « On reçoit une pomme de terre seulement avec la viande », dit-elle. Je le dis au héros. « Je ne pourrais pas avoir une assiette de pommes de terre tout simplement ? » « Quoi ? » « Je ne pourrais pas avoir deux ou trois pommes de terre sans viande ? » Je demandai à la serveuse et elle dit qu'elle irait au chef l'enquérir. « Demande-lui s'il mange du foie », dit grand-père.

La serveuse revint et dit, « Voici ce que j'ai à dire. Nous pouvons faire des concessions de lui donner deux pommes de terre, mais elles sont servies avec un morceau de viande sur l'assiette. Le chef dit que cela ne peut être négocié. Il faudra qu'il la mange. » « Deux pommes de terre c'est très bien ? » demandai-je au héros. « Oh, ce serait formidable. » Grand-père et moi commandâmes tous les deux la grillade de porc et en commandâmes une pour Sammy Davis Junior, Junior aussi, qui devenait sociable avec la jambe du héros.

Quand l'aliment arriva, le héros demanda que j'ôte la viande de son assiette. « Je préfère ne pas y toucher », dit-il. C'était sur mes nerfs au maximum. Si vous voulez savoir pourquoi, c'est parce que je percevais que le héros percevait qu'il était trop bien pour notre aliment. Je pris la viande de son assiette, parce que je sus que c'était ce que mon père aurait désiré que je fasse, et je n'articulai pas un mot. « Dis-lui que nous commencerons très tôt demain matin », dit grand-père. « Tôt ? » « Pour avoir autant de jour pour rechercher que possible. Ce sera rétif la nuit. » « Nous commencerons très tôt demain matin », dis-je au héros. « C'est bien », dit-il, donnant un coup de pied avec sa jambe. J'étais très ahuri que grand-père pouvait désirer aller de l'avant tôt le matin. Il détestait ne pas reposer tardif. Il détestait ne pas reposer à tout moment. Il détestait aussi Loutsk, la voiture, le héros et, depuis peu, moi. Partir tôt le matin lui procurerait plus du jour réveillé avec nous tous. « Fais-moi inspecter ses cartes », dit-il. Je demandai au héros pour les cartes. En tendant la main dans sa banane, il donna encore un coup de pied avec sa jambe qui fit Sammy Davis Junior, Junior devenir sociable avec la table et aussi fit remuer les assiettes. Une des pommes de terre du héros descendit sur le par terre. Quand elle frappa le par terre elle fit un bruit. POUM. Elle roula et puis fut inerte. Grand-père et moi nous examinâmes l'un l'autre. Je ne savais pas quoi faire. « Une terrible chose s'est produite », dit grand-père. Le héros continuait de contempler la pomme de terre par terre. C'était un par terre sale. C'était une de ses deux pommes de terre. « C'est atroce », dit grand-père silencieusement, et il bougea son assiette sur le côté. « Atroce. » Il était exact.

ALLER DE L'AVANT À LOUTSK

La serveuse revint à notre table avec les colas que nous avions commandés. « Voilà vos... », commença-t-elle, mais après elle témoigna la pomme de terre par terre et s'éloigna avec une vitesse biaisée. Le héros témoignait toujours la pomme de terre par terre. Je ne le tiens pas pour certain, mais j'imagine qu'il imaginait qu'il pouvait la ramasser, la remettre dans son assiette et la manger, ou qu'il pouvait la laisser par terre, illusionner que la mésaventure n'était jamais arrivée, manger sa seule pomme de terre et contrefaire d'être heureux, ou qu'il pouvait la pousser avec le pied à Sammy Davis Junior, Junior, qui était assez aristocratique pour ne pas la manger sur le par terre sale, ou dire à la serveuse pour une autre, qui signifierait qu'il devrait recevoir un autre morceau de viande que moi j'ôterais de son assiette parce que pour lui la viande est dégoûtante, ou qu'il pouvait simplement manger le morceau de viande que j'avais ôté de son assiette avant, comme j'aurais espéré qu'il le ferait. Mais ce qu'il fit n'était aucune de ces choses. Si vous voulez savoir ce qu'il fit, il fit rien du tout. Nous demeurâmes silencieux, témoignant la pomme de terre. Grand-père inséra sa fourchette dans la pomme de terre, la ramassa du par terre et la posa dans son assiette. Il la coupa en quatre morceaux et en donna un à Sammy Davis Junior, Junior sous la table, un à moi, et un au héros. Il coupa un morceau de son morceau et le mangea. Puis il me regarda. Je ne voulais pas mais je sus qu'il fallait que je le fasse. Dire qu'elle n'était pas délicieuse serait une exagération. Puis nous regardâmes le héros. Il regarda par terre, puis son assiette. Il coupa un morceau de son morceau et le regarda. « Bienvenue en Ukraine », lui dit grand-père, et il me cogna le poing dans le dos, qui est une chose que je savourais beaucoup. Puis grand-père se mit à rire. « Bienvenue en Ukraine », traduisis-je. Puis je me mis à rire. Puis le héros se mit à rire. Nous rîmes avec beaucoup de violence pendant longtemps. Nous obtînmes l'attention de toutes les personnes dans le restaurant. Nous rîmes avec violence, et puis avec plus de violence. Je témoignais que chacun de nous manufacturait des larmes à ses yeux. Ce n'était pas avant beaucoup dans le postérieur que j'ai comprendu que chacun de nous riait pour une raison différente, pour notre propre raison, et que pas une de ces raisons avait une chose à faire avec la pomme de terre.

Il y a une chose que je n'ai pas mentionnée avant, qu'il serait maintenant bienséant de mentionner. (S'il te plaît, Jonathan, je t'implore de ne jamais exhiber ceci à une âme. Je ne sais pas pourquoi j'écris ceci ici.) Je rentrais à la maison d'une célèbre discothèque une nuit et désirais contempler la télévision. Je fus surpris quand j'entendis que la télévision était déjà allumée, parce que c'était si tardif. Je cogitai que c'était grand-père. Comme j'ai illuminé avant, il venait très souvent chez nous quand il ne pouvait reposer. C'était avant qu'il est venu vivre chez nous. Ce qui se produisait est qu'il commençait à reposer en contemplant la télévision mais ensuite se levait quelques heures plus tard et retournait à sa maison. À moins que je ne puisse pas reposer, et parce que je ne pouvais pas reposer, j'entendais grand-père contempler la télévision, je n'aurais pas su le lendemain s'il avait été chez nous la nuit précédente. Peut-être a-t-il été là chaque nuit. Parce que je ne le sus jamais, je pensais à lui comme d'un fantôme.

Je ne disais jamais bonjour à grand-père quand il contemplait la télévision parce que je ne voulais pas me mêler avec lui. Donc je marchais lentement cette nuit-là et sans bruit. J'étais déjà sur l'escalier quatre quand j'entendis quelque chose d'étrange. Ce n'était pas exactement pleurer. C'était quelque chose un petit peu moins que pleurer. Je submergeai les quatre escaliers avec lenteur. Je marchai sur les orteils à travers la cuisine et observai depuis le coin parmi la cuisine et la pièce de télévision. D'abord je témoignai la télévision. Elle exhibait un match de football. (Je ne me rappelle pas qui était adverse mais je suis confiant que nous étions gagnants.) Je témoignai une main sur le fauteuil dans lequel grand-père aime contempler la télévision. Mais ce n'était pas la main de grand-père. Je tentai de voir plus et je tombai presque. Je sais que j'aurais dû reconnaître le bruit qui était un petit peu moins que pleurer. C'était Mini-Igor. (Je suis un tel imbécile idiot.)

Cela me fit une personne souffrante. Je vous dirai pourquoi. Je savais pourquoi il était en train d'un petit peu moins que pleurer. Je savais très bien et je voulais aller à lui pour lui dire que j'avais un petit peu moins que pleuré moi aussi, tout comme lui, et que n'importe comment qu'il semblait qu'il ne grandirait jamais pour devenir une personne extra comme moi, avec tant de filles et tellement d'endroits célèbres où aller, il le ferait. Il serait exactement comme moi. Et regarde-moi, Mini-Igor, les hématomes s'en vont, et aussi s'en va comment tu détestes, et aussi le sentiment que tout ce que tu reçois dans la vie est quelque chose que tu as gagné.

Mais je ne pouvais lui dire aucune de ces choses. Je me perchai sur le par terre de notre cuisine, à seulement plusieurs mètres de distance de lui, et je commençai à rire. Je ne savais pas pourquoi je riais mais je ne pouvais pas m'arrêter. Je pressai la main contre ma bouche afin de ne pas manufacturer le moindre bruit. Mon rire devint plus et encore plus jusqu'à ce que mon ventre ait mal. Je tentai de me lever, pour pouvoir aller dans ma chambre, mais j'avais peur que ce serait trop difficile de maîtriser mon rire. Je demeurai là tant, tant de minutes pendantes. Mon frère persévéra à un peu moins que pleurer, qui fit mon rire silencieux encore plus. Je suis capable de comprendre maintenant que c'était le même rire que j'ai eu dans le restaurant à Loutsk, le rire qui avait la même noirceur que le rire de grand-père et le rire du héros. (Je demande clémence pour écrire ceci. Peut-être je le retirerai avant de te poster cette partie. Pardon.) Quant à Sammy Davis Junior, Junior, elle ne mangea pas son morceau de la pomme de terre.

Le héros et moi parlâmes beaucoup au dîner, surtout d'Amérique. « Dites-moi au sujet des choses que vous avez en Amérique », dis-je. « Que voulez-vous savoir ? » « Mon ami Gregory m'informe qu'il y a tant de bonnes écoles pour la comptabilité en Amérique. Est-ce vrai ? » « Je crois. Je ne sais pas vraiment. Je pourrais me renseigner pour vous quand je rentrerai. » « Merci », dis-je parce que j'avais maintenant une connexion en Amérique et n'étais pas seul, et ensuite, « Que voulez-vous fabriquer ? » « Ce que je veux fabriquer ? » « Oui. Que deviendrez-vous ? » « Je ne sais pas. » « Sûrement vous savez. » « Ci et ça. » « Qu'est-ce que ça veut dire ci et ça ? » « C'est que je ne suis pas encore sûr. » « Mon père m'informe que vous écrivez un livre au sujet de ce voyage. » « J'aime écrire. » Je lui cognai le poing dans le dos. « Vous êtes écrivain ! » « Chut ! » « Mais c'est une bonne carrière, oui ? » « Quoi ? » « Écrire. C'est très noble. » « Noble ? Je ne sais pas. » « Avez-vous publié des quelconques livres ? » « Non, mais je suis encore très jeune. » « Vous avez publié des histoires ? » « Non. Enfin, une ou deux. » « Comment sont-elles titrées ? » « Laissez tomber. » « C'est un titre de premier ordre. » « Non. Je vous dis : laissez tomber. » « J'adorerais beaucoup lire vos histoires. » « Elles ne vous plairont sans doute pas. » « Pourquoi dites-vous ceci ? » « Même à moi, elles ne me plaisent pas. »

« Ah. » « C'est un apprentissage. » « Qu'est-ce que ça veut dire apprentissage ? » « Ce ne sont pas de vraies histoires. J'apprenais à écrire, c'est tout. » « Mais un jour, vous aurez appris à écrire. » « C'est bien ce que j'espère. » « C'est comme devenir comptable. » « Peut-être. » « Pourquoi voulez-vous écrire ? » « Je ne sais pas. Avant, je pensais que j'étais né pour ça. Non, je ne l'ai jamais vraiment pensé. C'est un truc qu'on dit. » « Non, pas du tout. Je pense vraiment que je suis né pour être comptable. » « Vous avez de la chance. » « Peut-être vous êtes né pour écrire ? » « Je ne sais pas. Peut-être. C'est terrible à dire. Minable. » « Ce n'est ni terrible ni minable. » « C'est si difficile de s'exprimer. » « Je comprends ceci. » « Je veux m'exprimer. » « La même chose est vraie pour moi. » « Je cherche ma voix. » « Elle est dans votre bouche. » « Je veux faire quelque chose dont je n'aie pas honte. » « Quelque chose dont vous êtes fier, oui ? » « Même pas. Je me contenterais de ne pas en avoir honte. » « Il y a beaucoup d'écrivains russes extra, oui ? » « Oh oui, bien sûr. Des tonnes. » « Tolstoï, oui ? Il écrivit *Guerre* et aussi *Paix*, qui sont des livres extra, et il gagna aussi le Noble Prix de la Paix de littérature, si je ne suis pas erroné. » « Tolstoï. Bély. Tourgueniev. » « Une question. » « Oui ? » « Écrivez-vous parce que vous avez une chose à dire ? » « Non. » « Et si je peux participer dans un thème différent : combien de numéraire recevrait un comptable en Amérique ? » « Je n'en suis pas sûr. Beaucoup, j'imagine, si il ou elle sont bons. » « Elle ! » « Ou il. » « Y a-t-il des comptables nègres ? » « Il y a des comptables afro-américains. Mais il ne faut pas se servir de ce mot, Alex. » « Et des comptables homosexuels ? » « Il y a des homosexuels dans tous les métiers. Il y a des éboueurs homosexuels. » « Combien de numéraire recevrait un comptable homosexuel nègre ? » « Vous ne devriez pas vous servir de ce mot. » « Quel mot ? » « Celui qui vient après homosexuel. » « Quoi ? » « Celui qui commence par *n*, enfin, ce n'est pas le pire des mots commençant par *n*, mais... » « Nègre ? » « Chut. » « Je kife les nègres. » « Il ne faut pas dire ça, vraiment. » « Mais je kife tout du long. C'est des gens extra. » « Mais c'est ce mot. Ce n'est pas une chose gentille à dire. » « Nègre ? » « S'il vous plaît. » « Qu'est-ce qui vous mogène dans nègre ? » « Chut. » « Combien coûte une tasse de café en Amérique ? » « Oh, ça dépend. Un dollar, peut-être. » « Un dollar ! C'est gratuit ! En Ukraine, une tasse de café c'est cinq dollars ! » « Bah, je n'ai pas parlé des cappuccinos. Ils peuvent coûter jusqu'à cinq ou six dollars. » « Les cappuccinos, dis-je en élevant les mains au-dessus de ma tête, il n'y a pas de maximum ! » « On boit des laits russes en Ukraine ? » « Qu'est-ce que c'est lait russe ? » « Non, parce que c'est très à la mode en Amérique. Vraiment, on en trouve à peu près partout. » « Vous faites le mélange café-chocolat en Amérique ? » « Bien sûr, mais c'est seulement pour les enfants. Ce n'est pas très à la mode en Amérique. » « Oui, c'est tout à fait pareil ici. Nous avons aussi des mochaccinos. » « Oui, bien sûr. On a ça en Amérique. Ils peuvent coûter jusqu'à sept dollars. » « Sont-ils une chose très aimée ? » « Les mochaccinos ? » « Oui. » « Je pense que c'est pour les gens qui veulent boire du café mais apprécient plutôt le chocolat chaud. » « Je comprends ceci. Et les filles, en Amérique ? » « Oui, quoi ? » « Elles sont très informelles avec leur motte, oui ? » « Ces filles-là, tout le monde en entend parler, mais je ne connais personne qui en ait jamais rencontré une. » « Êtes-vous charnel très souvent ? » « Et vous ? » « Je vous ai enquis. L'êtes-vous ? » « Et vous ? » « J'ai enquis tout premier. L'êtes-vous ? » « Pas vraiment. »

« Quelle est l'intention de pas vraiment ? » « Je ne suis pas curé, mais je ne suis pas John Holmes non plus. » « J'ai connaissance de ce John Holmes. » J'ai levé les mains à mes côtés. « Avec le pénis extra. » « C'est bien lui », dit-il, et il rit. Je l'avais fait rire avec une de mes drôleries. « En Ukraine tout le monde a un pénis comme ça. » Il rit encore. « Même les femmes ? » demanda-t-il. « Vous faites une drôlerie ? » demandai-je. « Oui », dit-il. Alors je ris. « Vous avez déjà eu une petite amie ? » demandai-je au héros. « Et vous ? » « C'est moi qui vous enquis. » « Plus ou moins », dit-il. « Qu'intentionnez-vous avec plus ou moins ? » « Rien d'officiel, voilà. Pas une petite amie pour de bon, quoi. Une fille avec laquelle je sortais, peut-être deux. Je ne veux rien d'officiel. » « C'est le même état de chose avec moi, dis-je. Moi aussi je ne veux rien d'officiel. Je ne veux pas être menotté à une fille seulement. » « Exactement », dit-il. « Enfin, je me suis amusé avec des filles. » « Bien sûr. » « Des pipes. » « Oui, bien sûr. » « Mais une fois qu'on a une petite amie, enfin, vous voyez. » « Je vois très bien. »

« Une question, dis-je. Pensez-vous que les femmes en Ukraine sont de premier ordre ? » « Je n'en ai pas vu beaucoup depuis que je suis ici. » « Avez-vous des femmes comme ça, en Amérique ? » « En Amérique, il y a toujours au moins un exemplaire de tout. » « J'ai entendu dire ceci. Avez-vous beaucoup de motocyclettes en Amérique ? » « Bien sûr. » « Et de fax ? » « Partout. » « Vous avez un fax ? » « Non. Ils sont très désuets. » « Qu'est-ce que ça veut dire, désuet ? » « Ils sont dépassés. Le papier, c'est tellement fastidieux. » « Fastidieux ? » « Fatigant. » « Je comprends ce que vous me dites et j'harmonise. Je ne me servirai jamais de papier. Cela me fait une personne endormante. » « C'est un tel désordre. » « Oui, c'est vrai, cela fait un désordre et on dort. Une autre question. La plupart des jeunes ont-ils des voitures impressionnantes en Amérique ? Des Lotus Esprit V8 double turbo ? » « Pas vraiment. Moi pas. J'ai une Toyota, une vraie merde. » « Elle est marron ? » « Non, c'est une expression. » « Comment votre voiture peut être une expression ? » « J'ai une voiture qui est comme un tas de merde. Vous comprenez, elle pue la merde et elle a une allure merdeuse comme la merde. » « Et si vous êtes un bon comptable, vous pourriez vous acheter une voiture impressionnante ? » « Absolument. On doit probablement pouvoir s'acheter à peu près tout ce qu'on veut. » « Quel genre de femme aurait un bon comptable ? » « Qui sait. » « Aurait-elle des nichons durs ? » « Je ne peux pas en être sûr. » « Mais probablement ? » « Je crois. » « Je kife ceci. Je kife les nichons durs. » « Mais il y a aussi des comptables, même très bons, qui ont une femme affreuse. C'est comme ça, c'est la vie. » « Si John Holmes était un comptable de premier ordre, il pourrait épouser n'importe quelle femme qu'il voudrait, oui ? » « Probablement. » « Mon pénis est très grand. » « D'accord. »

Après le dîner au restaurant, nous retournâmes en voiture à l'hôtel. Comme je le savais, ce n'était pas un hôtel impressionnant. Il n'y avait pas de zone pour nager et pas de discothèque célèbre. Quand nous épanouîmes la porte de la chambre du héros, je perçus qu'il était dans la détresse. « C'est pas mal, dit-il, parce qu'il perçut que je perçus qu'il était dans la détresse. C'est vrai, c'est seulement pour dormir. » « Vous n'avez pas d'hôtels ainsi en Amérique ! » C'était une drôlerie que je faisais. « Non », dit-il, et il riait. Nous étions comme des amis. Pour la première fois que je pouvais me rappeler, je me sentais entièrement bien. « Soyez certain d'assurer la porte après que nous serons partis dans notre chambre, lui dis-je. Je ne veux pas vous faire une personne pétrifiée, mais il y a tant de gens dangereux qui veulent prendre des choses sans les demander aux Américains, et aussi les kidnapper. Bonne nuit. » Le héros rit encore, mais il rit parce qu'il ne savait pas que je n'étais pas en train de faire une drôlerie. « Viens, Sammy Davis Junior, Junior », dit grand-père en appelant la chienne, mais elle refusait de quitter la porte. « Ici ! » Rien. « Viens ici ! » brailla-t-il, mais elle refusait de déloger. J'essayai de lui chanter, ce qu'elle savoure, surtout quand je chante « Billie Jean », de Michael Jackson. « *She's just a girl who claims that I am the one.* » Mais rien. Elle poussait seulement sa tête contre la porte de la chambre du héros. Grand-père tenta de l'enlever avec force, mais elle commença à pleurer. Je frappai à la porte, et le héros avait une brosse à dents dans la bouche. « Sammy Davis Junior, Junior va manufacturer des RRR avec vous, cette nuit », dis-je malgré que je savais que ce ne serait pas un succès. « Non », dit-il, et ce fut tout. « Elle ne se départira pas de votre porte », lui dis-je. « Alors, qu'elle dorme dans le couloir. » « Ce serait bénévole à vous. » « Ça m'intéresse pas. » « Cette nuit seulement. » « Ce serait une nuit de trop. Elle me tuera. » « C'est très invraisemblable. » « Elle est folle. » « Oui, je ne peux disputer qu'elle est folle. Mais elle est aussi compatissante. » Je savais que je ne prévaudrais pas. « Écoutez, dit le héros, si elle veut dormir dans la chambre, je veux bien dormir dans le couloir. Mais si je suis dans la chambre, je suis seul dans la chambre. » « Vous pourriez peut-être dormir tous les deux dans le couloir », suggérai-je.

Après avoir laissé le héros et la chienne reposer – héros dans la chambre, chienne dans le couloir –, grand-père et moi descendîmes au bar de l'hôtel pour des boissons de vodka. C'était une idée de grand-père.

En vérité, j'étais terrifié en menue quantité d'être seul avec lui. « C'est un brave garçon », dit grand-père. Je ne perçus pas s'il m'enquérait ou me préceptait. « Il a l'air brave », dis-je. Grand-père bougea la main sur sa figure qui était devenue couverte de poils durant le jour. Ce fut seulement alors que je remarquai que ses mains tremblaient encore, qu'elles avaient tremblé tout le jour. « Nous devrions tenter très inflexiblement de l'aider. » « Nous devrions », dis-je. « J'aimerais beaucoup trouver Augustine », dit-il. « Moi aussi. »

Ce fut tout de parler pour la nuit. Nous bûmes trois vodkas chacun et regardâmes la météorologie qui était à la télévision derrière le bar. Elle dit que la météo du lendemain serait normale. J'étais apaisé que le temps serait normal. Cela rendrait nos recherches plus un gâteau. Après la vodka, nous montâmes dans notre chambre qui flanquait la chambre du héros. « Je reposerai sur le lit et tu reposeras par terre », dit grand-père. « Bien sûr », dis-je. « Je ferai mon réveil pour six heures du matin. » « Six ? » j'enquis. Si vous voulez savoir pourquoi j'enquis, c'est parce que six heures n'est pas très tôt le matin pour moi, c'est tardif la nuit. « Six », dit-il, et je sus que c'était la fin de la conversation.

Pendant que grand-père se lavait les dents, j'allai m'assurer que tout était acceptable avec la chambre du héros. J'écoutai à la porte pour détecter s'il était capable de manufacturer des RRR et je n'entendis rien d'anormal, seulement le vent pénétrant les fenêtres et le bruit des insectes. Bon, dis-je à mon cerveau, il repose bien. Il ne sera pas moulu demain matin. Je tentai d'épanouir la porte pour être certain que la porte était assurée. Je l'ouvris d'un pourcentage et Sammy Davis Junior, Junior, qui était encore consciente, entra. Je la regardai se coucher près du lit où le héros reposait en paix. Ceci est acceptable, pensai-je, et je fermai la porte avec silence. Je retournai à la chambre de grand-père et moi. Les lumières étaient déjà éteintes, mais je perçus qu'il ne reposait pas encore. Son corps faisait des rotations et les refaisait. Les draps de lit bougeaient et l'oreiller faisait des bruits pendant qu'il faisait des rotations et encore des rotations et puis encore d'autres. J'entendais sa vaste respiration. J'entendais son corps bouger. Ce fut ainsi toute la nuit. Je savais pourquoi il ne pouvait reposer. C'était la même raison pour laquelle je ne pouvais reposer. Nous concernions tous deux la même question : qu'avait-il fait pendant la guerre ?

Une histoire d'amour, 1791-1803

Quelque chose avait changé à Trachimbrod, par rapport au shtetl innommé qui avait existé jusqu'alors au même endroit. Les activités se poursuivaient comme à l'accoutumée. Les Verticalistes vociféraient toujours, se suspendaient, claudiquaient et regardaient toujours de haut les Avachistes, qui tripotaient toujours les franges cousues à l'extrémité de leurs manches de chemise et mangeaient toujours des sablés et des petits pâtés après, mais plus souvent encore pendant, les services. Shanda l'affligée s'affligeait toujours de la perte de son défunt philosophe de mari, Pinchas, qui jouait toujours un rôle actif dans la politique du shtetl. Yankel essayait toujours de bien faire, se répétait toujours et sans cesse qu'il n'était pas triste et finissait toujours immanquablement par être triste. La synagogue roulait toujours, essayant toujours de se situer sur la ligne de fracture errante Juif/Humain du shtetl. Sofiowka était aussi fou que jamais, se masturbait toujours à pleine poignée, s'entortillait toujours de ficelles, se servant de son corps pour se rappeler son corps, et se rappelant toujours la ficelle seulement. Mais avec le nom, vint une nouvelle conscience de soi qui se révélait souvent de façon honteuse.

Les femmes du shtetl levaient leur nez considérable quand elles rencontraient mon arrière-arrière-arrièrearière-arrière-grand-mère. Elles l'appelaient *la sale fille de la rivière* et *le bébé d'eau* entre leurs dents. Trop superstitieuses pour jamais lui révéler la vérité de son histoire, elles veillaient à ce qu'elle n'eût aucun ami de son âge (disant à leurs enfants qu'elle n'était pas aussi amusante qu'elle s'amusait ou aussi bonne que ses bonnes actions) et à ce qu'elle ne fréquentât que Yankel et tout homme du shtetl qui était assez brave pour risquer d'être vu par son épouse. Ceux-là ne manquaient pas. Le plus sûr de soi des messieurs perdait contenance en sa présence. À dix ans à peine, elle était déjà la créature la plus désirée du shtetl, et sa réputation s'était étendue comme un réseau de ruisselets aux villages du voisinage.

Je l'ai imaginée bien des fois. Elle est un peu petite, même pour son âge – pas petite d'une façon touchante et enfantine, mais plutôt comme une enfant mal nourrie serait petite. Il en va de même de sa maigreur. Chaque soir avant de l'endormir, Yankel lui compte les côtes, comme si l'une pouvait avoir disparu pendant la journée pour devenir le germe et le terreau du nouveau compagnon qui la lui ravirait. Elle mange assez bien et est en bonne santé, dans la mesure où elle n'est jamais malade, mais son corps semble celui d'une malade chronique, d'une fillette prisonnière de quelque étau biologique, ou d'une fillette affamée, qui n'aurait que la peau et les os, d'une fillette qui n'est pas entièrement libre. Sa chevelure est épaisse et noire, ses lèvres minces, brillantes et blanches. Comment pourrait-il en être autrement ?

Au grand dam de Yankel, Brod tint à couper elle-même son épaisse chevelure noire.

Tu n'as pas l'air d'une dame, dit-il. *On dirait un petit garçon, quand ils sont si courts.*

Ne sois pas bête, lui dit-elle.

Mais ça ne te dérange pas ?
Bien sûr que ça me dérange que tu sois bête.
Tes cheveux, dit-il.
Je les trouve très jolis.
Peuvent-ils être jolis si personne ne les trouve jolis ?
Je les trouve jolis.
Si tu es la seule ?
C'est déjà pas mal.
Et les garçons ? Tu ne veux pas qu'ils te trouvent jolie ?
Je ne voudrais pas qu'un garçon me trouve jolie s'il n'est pas le genre de garçon qui me trouverait jolie.
Je les trouve jolis, dit-il. *Je les trouve très beaux.*
Répète-le et je les laisse pousser.
Je sais, dit-il en riant et en lui embrassant le front tout en lui pinçant les oreilles entre ses doigts.

Son apprentissage de la couture (dans un manuel que Yankel avait rapporté de Lvov) coïncida avec son refus de porter tout vêtement qu'elle n'avait pas confectionné elle-même, et quand il lui acheta un livre sur la physiologie animale, elle lui mit les images sous le nez en disant, *Ne trouves-tu pas étrange, Yankel, que nous les mangions ?*

Jamais je n'ai mangé une image.

Les animaux. Tu ne trouves pas ça étrange ? Je n'arrive pas à croire que je ne trouvais pas ça étrange jusqu'ici. C'est comme notre nom, on ne le remarque pas pendant si longtemps, mais quand on finit par le remarquer on ne peut pas s'empêcher de le répéter sans cesse en se demandant pourquoi on n'avait jamais trouvé étrange de porter ce nom et que tout le monde nous ait appelé par ce nom pendant toute notre vie.

Yankel. Yankel. Yankel. Je ne vois rien de si étrange là-dedans.

Je ne les mangerai plus. En tout cas, aussi longtemps que ça continuera de me sembler étrange.

Brod résistait à tout, ne cédait à personne, refusait d'être défiée, ou de ne pas être défiée.

Je ne te trouve pas têtue, lui dit Yankel un après-midi qu'elle refusait de manger son dîner avant le dessert.

Mais je le suis !

Et on l'aimait pour cela. Tout le monde l'aimait, même ceux qui la haïssaient. Les curieuses circonstances de sa création intriguaient les hommes, mais c'étaient ses astucieuses manipulations, ses gestes coquets et ses pirouettes verbales, son refus de reconnaître ou d'ignorer leur existence, qui les faisaient la suivre dans les rues, la contempler de leur fenêtre, rêver d'elle – pas de leurs épouses, ni d'eux-mêmes – la nuit.

Oui, Yoske. Les hommes du moulin sont forts et braves.

Oui, Feivel. Oui, je suis bonne fille.

Oui, Saul. Oui, oui, j'adore les bonbons.

Oui, oh oui, Itzik. Oh oui.

Yankel n'avait pas le cœur de lui dire qu'il n'était pas son père. Ni que, si elle était La Reine du Char le jour de Trachim, ce n'était pas seulement parce qu'elle était, indiscutablement, la jeune fille la plus aimée du shtetl, mais parce que c'était son vrai père, au fond de la rivière éponyme, son papa, à la recherche duquel plongeaient les audacieux. Alors il créait encore des histoires – de folles histoires, avec une imagerie indomptée et des personnages flamboyants. Il inventait des histoires si fantastiques qu'elle devait y croire. Bien sûr, elle n'était qu'une enfant, elle se débarrassait encore de la poussière de sa première mort. Que pouvait-elle faire d'autre ? Et lui accumulait déjà la poussière de sa seconde mort. Que pouvait-il faire d'autre, lui ?

Avec l'aide des hommes du shtetl qui la désiraient et des femmes du shtetl qui la haïssaient, ma très-arrière-grand-mère grandit en intériorité, cultivant des intérêts privés : tissage, jardinage, lecture de tout ce qui lui tombait sous la main – c'est-à-dire d'à peu près tout ce que renfermait la prodigieuse bibliothèque de Yankel, pièce remplie de livres du sol au plafond, qui deviendrait un jour la première bibliothèque publique de Trachimbrod. Elle n'était pas seulement la plus intelligente citoyenne de Trachimbrod, à qui l'on demandait de résoudre des problèmes difficiles de mathématiques ou de logique – *LA PAROLE SACRÉE*, lui demanda un jour dans l'obscurité le Rabbin Bien Considéré, *QUELLE EST-ELLE, BROD ?* –, elle en était aussi la plus solitaire et la plus triste. C'était un génie de tristesse, elle s'y immergeait, triant ses courants innombrables, appréciant ses nuances les plus subtiles. Elle était un prisme à travers lequel le spectre infini de la tristesse pouvait être divisé.

Es-tu triste, Yankel ? lui demanda-t-elle un matin au petit déjeuner.

Bien sûr, dit-il en lui portant des tronçons de melon à la bouche d'une cuiller tremblante.

Pourquoi ?

Parce que tu bavardes au lieu de manger ton petit déjeuner.

Étais-tu triste avant ?

Bien sûr.

Pourquoi ?

Parce que tu mangeais, au lieu de bavarder, et que je deviens triste quand je n'entends pas ta voix.

Quand tu regardes des gens danser, est-ce que cela te rend triste ?

Bien sûr.

Moi aussi, cela me rend triste. Pourquoi, d'après toi ?

Il l'embrassa sur le front, lui mit la main sous le menton. *Il faut vraiment que tu manges*, dit-il. *Il est tard.*

Trouves-tu que Bitzl Bitzl est une personne particulièrement triste ?

Je ne sais pas.
Et Shanda l'affligée ?
Oh oui, elle est particulièrement triste.
Elle, c'est une évidence, n'est-ce pas ? Et Shloim est-il triste ?
Qui sait ?
Les jumelles ?
Peut-être. Cela ne nous regarde pas.
Dieu est-il triste ?
Il faudrait qu'Il existe pour être triste, n'est-ce pas ?
Je sais, dit-elle en lui donnant une petite tape sur l'épaule. *C'est pour ça que je t'ai posé la question, pour arriver peut-être à savoir enfin si tu es croyant !*

Eh bien, je me contenterai de dire ceci : si Dieu existe, Il a beaucoup de raisons d'être triste. Et s'Il n'existe pas, ça doit Le rendre tout à fait triste, j'imagine. Alors pour répondre à ta question, Dieu est forcément triste.

Yankel ! Elle lui referma les bras autour du cou comme si elle tentait d'entrer en lui ou de le faire entrer en elle.

Brod découvrit 613 tristesses, chacune parfaitement unique, constituant chacune une émotion singulière, aussi peu semblable à toute autre tristesse qu'à la colère, l'extase, la culpabilité ou la frustration. La tristesse du miroir. La tristesse des oiseaux domestiques. La tristesse d'être triste devant son père ou sa mère. La tristesse de l'humour. La tristesse de l'amour qui ne trouve pas à s'épancher.

Elle était comme une personne qui se noie, battant des bras, cherchant quelque chose à quoi se raccrocher pour se sauver. Sa vie était une lutte urgente, désespérée pour justifier sa vie. Elle apprit des mélodies d'une difficulté impossible sur son violon, des mélodies au-delà de ce qu'elle pensait pouvoir apprendre et, chaque fois, elle venait trouver Yankel en pleurant, *J'ai appris à jouer celle-là aussi ! C'est terrible ! Il faut que j'écrive quelque chose que même moi je ne peux pas jouer !* Elle passait ses soirées sur les livres d'art que Yankel avait achetés pour elle à Loutsk et chaque matin boudait au petit déjeuner, *Ils sont bel et bons, mais pas beaux. Non, pas si je suis sincère avec moi-même. Ils sont seulement ce qui existe de mieux.* Elle passa un après-midi à regarder fixement la porte de leur maison.

Tu attends quelqu'un ? demanda Yankel.
De quelle couleur est-elle ?

Il s'approcha tout près de la porte jusqu'à toucher le judas du bout du nez. Il lécha le bois et plaisanta, *Ça a sans aucun doute le goût du rouge.*
Oui, elle est rouge, n'est-ce pas ?
On dirait bien.

Elle enfouit la tête dans ses mains. *Mais est-ce qu'elle ne pourrait pas être rien qu'un peu plus rouge ?*

La vie de Brod était la lente compréhension du fait que le monde n'était pas pour elle, et que, sans en connaître au juste la raison, elle ne serait jamais heureuse et sincère en même temps. Elle avait le sentiment de déborder pour ainsi dire, produisant et accumulant toujours plus d'amour à l'intérieur d'elle. Mais il n'y avait pas moyen de l'épancher. Table, talisman en ivoire d'éléphant, arc-en-ciel, oignon, coiffure, mollusque, shabbat, violence, cuticule, mélodrame, fossé, miel, poupée... Rien de tout cela ne l'émouvait. Elle abordait son monde sincèrement, cherchant quelque chose qui mérite les volumes d'amour qu'elle savait avoir en elle, mais à tout, et chacun, elle devait dire, *Je ne t'aime pas.* Piquet de clôture à l'écorce brune : *Je ne t'aime pas.* Poème trop long : *Je ne t'aime pas.* Repas dans une écuelle : *Je ne t'aime pas.* Physique, ton idée même, tes lois : *Je ne t'aime pas.* Rien ne lui donnait le sentiment d'être un peu plus qu'il n'était en réalité. Toute chose n'était qu'une chose, complètement embourbée dans sa chositude.

Si nous devions ouvrir au hasard une page de son journal – qu'il lui fallait garder sans cesse sur elle, non par crainte de le perdre, ou qu'il fût découvert et lu, mais parce qu'elle tomberait un jour sur la chose qui vaudrait enfin d'être consignée et retenue, et découvrirait alors qu'elle n'avait nul endroit où la consigner –, nous trouverions sous une forme ou une autre le sentiment suivant : *Je ne suis pas amoureuse.*

Elle devait donc se satisfaire de l'idée d'amour – aimer l'amour de choses dont l'existence lui était parfaitement indifférente. L'amour lui-même devint l'objet de son amour. Elle s'aimait amoureuse, elle aimait aimer l'amour comme l'amour aime aimer et pouvait, de cette façon, se réconcilier avec un monde qui était si loin d'atteindre à ce qu'elle aurait espéré. Ce n'était pas le monde qui était le grand mensonge salvateur mais sa volonté de le rendre beau et juste, de vivre à l'écart, en deçà de la vie, dans un monde en deçà, à l'écart de celui dans lequel tous les autres semblaient exister. Les gamins, les jeunes gens, les hommes et les vieux du shtetl veillaient devant sa fenêtre à toute heure du jour et de la nuit, lui demandant s'ils pouvaient l'assister dans ses études (pour lesquelles elle n'avait nul besoin d'aide, bien sûr, pour lesquelles il leur eût été impossible de l'aider, même si elle les avait laissés essayer), ou au jardin (qui poussait comme par enchantement, où s'épanouissaient tulipes et roses rouges, impatiens orange et impatientes), ou si peut-être Brod aimerait aller se promener au bord de la rivière (au bord de laquelle elle était tout à fait capable d'aller se promener toute seule, merci). Elle ne disait jamais non et jamais ne disait oui, mais tirait puis relâchait puis tirait encore les ficelles de sa maîtrise.

Tirer : *Ce qui serait le plus agréable*, disait-elle, *ce serait un grand verre de thé glacé*. Ce qui arrivait ensuite : les hommes couraient lui en chercher un. Le premier à revenir avait peut-être droit à un bécot sur le front (relâcher), ou (tirer) la promesse d'une promenade (qu'on ferait plus tard), ou (relâcher) un simple *Merci, au revoir*. Elle maintenait soigneusement l'équilibre devant sa fenêtre, ne permettant jamais aux hommes de trop s'en approcher, ne les laissant jamais trop s'en éloigner. Elle avait désespérément besoin d'eux, pas seulement pour les services, pas seulement pour les choses qu'ils pouvaient fournir à Yankel et à elle et que Yankel n'avait pas les moyens d'acquérir, mais parce qu'ils étaient quelques doigts de plus pour boucher les trous de la digue qui retenait ce qu'elle savait être vrai : elle n'aimait pas la vie. Il n'y avait pas de raison convaincante de vivre.

Yankel avait déjà soixante-douze ans quand le chariot tomba dans la rivière, sa maison était plus prête pour des funérailles que pour une naissance. Brod lisait sous la sourde lumière canari des lampes à pétrole couvertes d'un châle de dentelle, et se baignait dans une baignoire tapissée de papier de verre pour empêcher les glissades. Il fut son précepteur en littérature et en mathématiques élémentaires jusqu'à ce qu'elle eût de loin surpassé son savoir, riait avec elle même quand il n'y avait rien de drôle, lui faisait la lecture avant de la regarder s'endormir et était la seule personne qu'elle pût considérer comme un ami. Elle acquit sa démarche heurtée, parlait avec ses inflexions de vieil homme, et frottait même une barbe naissante qui n'était jamais là à quelque heure que ce fût d'aucun jour de sa vie.

Je t'ai acheté des livres à Loutsk, lui dit-il, fermant la porte sur le début de la soirée et le reste du monde.

On ne peut pas se le permettre, dit-elle en prenant le sac pesant. *Il faudra que j'aille les rendre demain.*

Mais nous ne pouvons pas nous permettre de ne pas

les avoir. Qu'est-ce que nous ne pouvons pas nous permettre le plus, les avoir ou ne pas les avoir ? D'après moi, nous y perdons dans les deux cas. Avec ma façon de faire, nous y perdons mais nous avons les livres.

Tu es ridicule, Yankel.

Je sais, *dit-il*, parce que je t'ai aussi acheté un compas chez mon ami l'architecte et plusieurs volumes de poésie française.

Mais je ne parle pas français.

Quelle meilleure occasion d'apprendre ?

Avoir un manuel de français.

Ah oui, je me disais aussi que j'avais une raison d'acheter celui-là ! *dit-il, sortant un épais volume brun du fond du sac.*

Tu es insupportable, Yankel !

Je suis supportablement supportable.

Merci, *dit-elle, et elle l'embrassa sur le front, qui était le seul endroit qu'elle eût jamais embrassé et sur lequel on l'eût jamais embrassée, et qui aurait été, si elle n'avait pas lu tous ces romans, le seul endroit où elle croyait que les gens s'embrassent jamais.*

Il lui fallait rendre en secret tant de choses que Yankel achetait pour elle. Il ne le remarquait jamais parce qu'il ne se rappelait pas les avoir jamais achetées. Brod aurait un jour l'idée de faire de leur bibliothèque personnelle une bibliothèque publique et de demander une petite somme pour prêter les livres. C'était avec cet argent, ajouté à ce qu'elle pouvait se procurer auprès des hommes qui l'aimaient, qu'ils arrivaient à survivre.

Yankel déployait tous ses efforts pour empêcher Brod de se sentir une étrangère, d'être consciente de leur différence d'âge et de sexe. Il laissait la porte ouverte quand il urinait (toujours assis, et toujours il s'essuyait après), et répandait parfois un peu d'eau sur son pantalon pour dire, *Regarde, ça m'arrive aussi à moi,* sans se rendre compte que c'était Brod qui répandait de l'eau sur sa culotte pour le réconforter. Quand Brod tomba de la balançoire, au parc, Yankel s'écorcha les genoux sur le papier de verre de sa baignoire et dit, *Moi aussi, je suis tombé.* Quand ses seins commencèrent à pousser, il souleva sa chemise pour montrer sa vieille poitrine affaissée et dit, *Il n'y a pas que toi.*

Tel était le monde dans lequel elle grandit et il vieillit. Ils se ménagèrent un sanctuaire à l'écart de Trachimbrod, un habitat complètement différent du reste du monde. Aucun mot de haine ne fut jamais prononcé, aucune main levée. Plus encore que cela, aucun mot de colère ne fut jamais prononcé et rien jamais ne fut refusé. Mais plus encore que cela, aucun mot dénué d'amour ne fut jamais prononcé et tout fut tenu pour une nouvelle petite preuve que cela peut être ainsi, que cela n'a pas à être autrement ; s'il n'y a pas d'amour dans le monde, nous ferons un monde nouveau et nous le doterons d'épaisses murailles et nous le meublerons de doux intérieurs rouges du fond jusqu'au bord, et le munirons d'un heurtoir qui résonne comme un diamant tombant sur le feutre d'un joaillier de sorte que nous ne l'entendrons jamais. Aime-moi, parce que l'amour n'existe pas et que j'ai essayé tout ce qui existe.

Mais ma très-arrière-et-solitaire-grand-mère n'aimait pas Yankel, pas dans le sens simple et impossible de ce mot. En réalité, elle le connaissait à peine. Et il la connaissait à peine. Ils connaissaient intimement les aspects d'eux-mêmes dans l'autre, mais jamais l'autre. Yankel aurait-il pu deviner à quoi rêvait Brod ? Brod pouvait-elle deviner, pouvait-elle s'intéresser à deviner le voyage que Yankel faisait la nuit ? Ils étaient deux étrangers, comme ma grand-mère et moi.

Mais...

Mais chacun était ce que l'autre pouvait trouver de plus proche de ce qui fût digne de recevoir leur amour. Aussi se le donnaient-ils l'un à l'autre tout entier. Il s'écorchait les genoux et disait, *Moi aussi je suis tombé*. Elle répandait de l'eau sur sa culotte pour qu'il ne se sente pas seul. Il lui avait donné cette boule. Elle la portait. Et quand Yankel disait qu'il mourrait pour Brod, il le pensait certainement, mais cette chose pour laquelle il mourrait n'était pas Brod, pas exactement, mais son amour pour elle. Et quand elle disait, *Père, je t'aime*, elle n'était ni naïve ni malhonnête, mais tout le contraire : elle était assez sage et sincère pour mentir. Ils se donnaient réciproquement le grand mensonge salvateur – que notre amour pour les choses est plus grand que notre amour pour notre amour des choses –, jouant délibérément le rôle qu'ils écrivaient pour eux-mêmes, créant et croyant délibérément les fictions nécessaires à la vie.

Elle avait douze ans et lui au moins quatre-vingt-quatre. Même s'il vivait jusqu'à quatre-vingt-dix ans, raisonnait-il, elle en aurait seulement dix-huit. Et il savait qu'il ne vivrait pas jusqu'à quatre-vingt-dix ans. Il était secrètement faible, secrètement souffrant. Qui veillerait sur elle quand il mourrait ? Qui chanterait pour elle et continuerait à lui chatouiller le dos, de la façon particulière qu'elle aimait, longtemps après qu'elle se soit endormie ? Comment apprendrait-elle qui était son vrai père ? Comment pourrait-il être sûr qu'elle serait à l'abri de la violence quotidienne, de la violence non intentionnelle et de la violence intentionnelle ? Comment pourrait-il être sûr qu'elle ne changerait jamais ?

Il fit tout ce qu'il pouvait pour empêcher sa rapide détérioration. Il essayait de prendre un bon repas même quand il n'avait pas faim et de boire un peu de vodka entre les repas même quand il sentait que cela lui nouerait l'estomac. Il faisait de longues promenades chaque après-midi, sachant que la douleur de ses jambes était une bonne douleur, et fendait une bûche chaque matin, sachant que ce n'était pas de maladie que les bras lui faisaient mal mais de santé.

Redoutant les déficiences fréquentes de sa mémoire, il se mit à écrire des fragments de l'histoire de sa vie au plafond de sa chambre avec un des bâtons de rouge à lèvres de Brod qu'il avait trouvé enveloppé d'une chaussette dans un tiroir de son bureau. De cette manière, sa vie serait la première chose qu'il verrait en s'éveillant chaque matin et la dernière avant de s'endormir, chaque soir. *Tu étais marié, mais elle t'a quitté*, au-dessus de son bureau. *Tu détestes les légumes verts*, tout au bout du plafond. *Tu es Avachiste*, à la jonction du plafond et de la porte. *Tu ne crois pas en une vie après la mort*, écrit en rond autour de la suspension. Il voulait que Brod ne sache jamais à quel point son esprit était devenu semblable à une vitre, à quel point la confusion la brouillait comme une buée, à quel point ses pensées dérapaient dessus, qu'il ne comprenait pas tant des choses qu'il lui disait, qu'il oubliait souvent son propre nom et, comme si une petite part de lui mourait, son nom à elle.

> 4 :812 – *Le rêve de vivre à jamais avec Brod.*
> Je fais ce rêve chaque nuit. Même quand je ne me le rappelle pas le lendemain matin, je sais qu'il était là, comme le creux que la tête d'une amante imprime sur l'oreiller à côté de nous après qu'elle est partie. Je ne rêve pas de vieillir avec elle, mais je rêve que nous ne vieillissons ni l'un ni l'autre. Elle ne me quitte jamais, et je ne la quitte jamais.

C'est vrai, j'ai peur de mourir. J'ai peur que le monde continue d'avancer sans moi, que mon absence passe inaperçue ou pire, soit une espèce de force naturelle prolongeant la vie. Est-ce égoïste ? Suis-je si mauvais de rêver d'un monde qui finit quand je finis ? Je ne veux pas dire que le monde finisse par rapport à moi, mais que tous les yeux se ferment en même temps que les miens. Parfois mon rêve de vivre à jamais avec Brod est le rêve de mourir ensemble. Je sais qu'il n'y a pas de vie après la mort. Je ne suis pas idiot. Et je sais qu'il n'y a pas de Dieu. Ce n'est pas de sa compagnie que j'ai besoin, mais de savoir qu'elle n'aura pas besoin de la mienne, ou qu'elle ne pourra pas ne pas en avoir besoin. J'imagine des scènes d'elle sans moi et je deviens si jaloux. Elle se mariera et aura des enfants et touchera ce que je n'ai jamais pu approcher – toutes choses qui devraient me rendre heureux. Je ne peux lui raconter ce rêve, bien sûr, mais je voudrais si désespérément le faire. Elle est la seule chose qui compte.

Il lui lisait une histoire quand elle se couchait et écoutait ses interprétations, sans jamais l'interrompre, pas même pour lui dire combien il était fier, combien elle était belle et intelligente. Après lui avoir dit bonne nuit, l'avoir embrassée et bénie, il allait à la cuisine, buvait les quelques gorgées de vodka que son estomac supporterait, et soufflait la lampe. Il longeait d'une démarche hésitante le corridor obscur, suivant la chaude lueur qui filtrait sous la porte de sa chambre. Il trébuchait une fois sur une pile de livres de Brod par terre devant sa chambre à elle, puis une autre fois, sur son sac. Entrant dans sa propre chambre, il imaginait qu'il mourrait dans son lit cette nuit-là. Il imaginait que Brod le trouverait le matin. Il imaginait la position dans laquelle il serait, l'expression de son visage. Il imaginait ce qu'il éprouverait, ou plutôt n'éprouverait pas. *Il est tard, songeait-il, et il faut que je me lève tôt demain matin pour préparer le petit déjeuner de Brod avant ses cours.* Il s'allongeait sur le plancher, faisait les trois pompes qu'il trouvait la force de faire et se relevait. *Il est tard, songeait-il, et je dois être reconnaissant pour tout ce que j'ai, et réconcilié avec tout ce que j'ai perdu et tout ce que je n'ai pas perdu. J'ai tenté de toutes mes forces d'être bon aujourd'hui, de faire les choses comme Dieu aurait voulu, s'Il avait existé. Merci pour les dons de la vie et pour Brod, songeait-il, et merci, Brod, de me donner une raison de vivre. Je ne suis pas triste.* Il se glissait sous les draps de laine rouge et regardait droit au-dessus de sa tête : *Tu es Yankel. Tu aimes Brod.*

Secrets récurrents, 1791-1943

C'était un secret quand Yankel enveloppa comme d'un linceul l'horloge dans du tissu noir. C'était un secret quand le Rabbin Bien Considéré s'éveilla avec ces mots sur le bout de la langue : *MAIS SI...?* et quand celle des Avachistes qui parlait le plus ouvertement, Rachel F, s'éveilla en se demandant, *Mais si...?* Ce n'était pas un secret quand Brod ne pensa pas à dire à Yankel qu'elle avait trouvé des taches rouges au fond de sa culotte et qu'elle était sûre d'être mourante et combien c'était poétique qu'elle mourût ainsi. Mais c'était un secret quand elle pensa bel et bien à le lui dire et puis n'en fit rien. C'étaient des secrets certaines des fois au moins où Sofiowka se masturbait, ce qui faisait de lui le plus grand gardien de secrets de Trachimbrod, et peut-être de partout, depuis toujours. C'était un secret quand Shanda l'affligée ne s'affligeait pas. Et c'était un secret quand les jumelles du rabbin laissaient entendre qu'elles n'avaient rien vu et ne savaient rien de ce qui s'était passé le 18 mars 1791, le fameux jour où le chariot de Trachim B l'avait, ou ne l'avait pas, coincé au fond de la rivière Brod.

Yankel parcourt la maison avec des draps noirs. Il drape l'horloge de tissu noir et enveloppe sa montre de gousset en argent d'une pièce de lin noir. Il cesse d'observer le shabbat, ne voulant pas marquer la fin d'une semaine de plus. Et il évite le soleil parce que les ombres, elles aussi, sont des pendules. *Je suis tenté, à l'occasion, de frapper Brod*, pense-t-il par-devers lui. *Pas parce qu'elle agit mal, mais parce que je l'aime tant.* Ce qui est aussi un secret. Il masque la fenêtre de sa chambre de tissu noir. Il emballe le calendrier de papier noir, comme si c'était un cadeau. Il lit le journal de Brod pendant qu'elle prend son bain, ce qui est un secret, ce qui est une chose épouvantable, il le sait, mais il y a des choses épouvantables qu'un père a le droit de faire, même une contrefaçon de père.

18 mars 1803
... Je me sens dépassée. Avant demain, il faut que je finisse de lire le premier volume de la biographie de Copernic, puisqu'il faut le rendre à l'homme à qui Yankel l'a acheté. Ensuite il y a les héros grecs et romains dont je dois faire le tri et les récits de la Bible auxquels je dois tenter de trouver une signification, et aussi – comme s'il y avait assez d'heures dans une journée – il y a les maths. C'est moi qui m'impose tout cela...

20 juin 1803
« ... Au fond, les jeunes sont plus seuls que les vieux. » J'ai lu ça dans un livre quelque part et ça m'est resté dans la tête. C'est peut-être vrai. Peut-être pas. Plus vraisemblablement, les jeunes et les vieux sont seuls de façon différente, chacun à sa façon...

23 septembre 1803
... Il m'est venu à l'esprit cet après-midi qu'il n'est rien au monde qui me plaise autant que d'écrire dans mon journal. Il ne me comprend jamais de travers et je ne le comprends jamais de travers. Nous sommes

*comme deux amants parfaits, nous ne faisons qu'un.
Parfois, je l'emporte dans mon lit et je le tiens en
m'endormant. Parfois j'embrasse ses pages, l'une
après l'autre. Pour le moment, au moins, il faudra
s'en contenter...*

Ce qui est aussi un secret, bien sûr. Car la vie de Brod est un secret qu'elle garde jalousement vis-à-vis d'elle-même. Comme Yankel, elle répète des choses jusqu'à ce qu'elles soient vraies, ou jusqu'à ne plus pouvoir dire si elles sont vraies ou pas. Elle est devenue experte en l'art de confondre *ce qui est* avec *ce qui était* avec *ce qui devrait être* avec *ce qui aurait pu être*. Elle évite les miroirs et dresse un puissant télescope pour se trouver. Elle le braque sur le ciel et voit, du moins le croit-elle, au-delà du bleu, au-delà du noir, au-delà même des étoiles où elle retrouve un autre noir, et un autre bleu – arc qui commence avec son œil et finit sur une maison étroite. Elle en étudie la façade, remarque que le bois du cadre de la porte s'est gauchi et décoloré par endroits, que les gouttières ont laissé des traînées blanches, puis elle regarde par les fenêtres, l'une après l'autre. Par la fenêtre du bas, à gauche, elle voit une femme qui nettoie une assiette avec un chiffon. On dirait que la femme chantonne, et Brod imagine que la chanson est celle-là même que sa mère lui aurait chantée pour l'endormir si elle n'était morte, sans souffrir, en couches, comme l'a promis Yankel. La femme cherche son reflet dans l'assiette et la pose en haut d'une pile. Puis elle écarte les cheveux de son visage afin que Brod le voie, du moins est-ce ce que pense Brod. La femme a trop de peau pour les os et trop de rides pour son âge, comme si son visage était quelque animal distinct, descendant lentement du crâne, chaque jour, jusqu'au jour où il s'accrochera à sa mâchoire puis au jour où il se détachera entièrement et tombera, atterrissant dans les mains de la femme pour qu'elle puisse le regarder et dire, *Voilà le visage que j'ai arboré toute ma vie.* Il n'y a rien dans la fenêtre du bas à droite sinon un large bureau encombré de livres, de papiers et d'images – images d'un homme et d'une femme, d'enfants, et des enfants de ces enfants. *Quels portraits merveilleux*, songe-t-elle, *si petits, si précis et fidèles!* Elle règle la portée sur une des photographies en particulier. C'est celle d'une petite fille tenant la main de sa mère. Elles sont sur une plage, ou du moins est-ce ce qu'on croirait à une si grande distance. La fille, petite fille modèle, regarde dans une autre direction, comme si quelqu'un faisait des grimaces pour la faire sourire, et la mère – à supposer qu'elle est la mère de la fille – regarde la petite fille. Brod resserre le point, cette fois sur les yeux de la mère. Ils sont verts, suppose-t-elle, et profonds, assez semblables à la rivière dont elle tient son nom. *Pleure-t-elle?* se demande Brod, appuyant son menton sur le rebord de la fenêtre. *Ou est-ce seulement que l'artiste a essayé de la rendre plus belle?* Parce qu'elle était belle, aux yeux de Brod. Elle avait l'apparence exacte de ce que Brod avait imaginé de sa propre mère.

Plus haut... plus haut...

Elle regarde dans la chambre, à l'étage, et voit un lit vide. L'oreiller est un rectangle parfait. Les draps sont lisses comme de l'eau. *Il se peut que nul n'ait jamais dormi dans ce lit*, songe Brod. *Ou peut-être fut-il la scène de quelque chose d'inconvenant, et dans la hâte de se débarrasser des preuves, de nouvelles preuves ont été créées. Même si Lady Macbeth avait réussi à ôter cette tache maudite, ses mains n'auraient-elles pas été rouges d'avoir été tant frottées?* Il y a un gobelet d'eau sur la table de chevet, et Brod croit y voir une vaguelette.

SECRETS RÉCURRENTS, 1791-1943

À gauche… à gauche…
Elle regarde dans une autre pièce. Une étude ? Une salle de jeux pour les enfants ? C'est impossible à dire. Elle s'en détourne puis y revient, comme si en cet instant elle avait pu acquérir une perspective nouvelle, mais la pièce lui demeure comme un puzzle. Elle tente d'en assembler les morceaux : Une cigarette à demi fumée en équilibre à la lèvre d'un cendrier. Un chiffon mouillé sur le rebord de la fenêtre. Un bout de papier sur le bureau, avec une écriture qui ressemble à la sienne : *Moi avec Augustine, 21 février 1943*.
Toujours plus haut…
Mais il n'y a pas de fenêtre au grenier. Alors elle regarde à travers le mur, ce qui n'est pas d'une difficulté terrible parce que les murs sont minces et son télescope puissant. Un garçon et une fille sont couchés sur le plancher face à la pente du toit. Elle règle la portée sur le jeune garçon qui a l'air, à cette distance, d'avoir son âge. Et même à une telle distance, elle voit que c'est un exemplaire du *Livre des antécédents* dont il lui fait la lecture.
Ah, se dit-elle. *C'est Trachimbrod que je vois !*
La bouche du garçon, les oreilles de la fille. Les yeux, la bouche du garçon, les oreilles de la fille. La main du scribe, les yeux du garçon, sa bouche, les oreilles de la fille. Elle remonte la chaîne causale jusqu'au visage de l'inspiration du scribe, jusqu'aux lèvres de l'amant et aux paumes des parents de l'inspiration du scribe, et aux lèvres de leurs amants, et aux paumes de leurs parents, et aux genoux et aux ennemis de leurs voisins, et aux amants de leurs amants, aux parents de leurs parents, aux voisins de leurs voisins, aux ennemis de leurs ennemis, jusqu'à ce qu'elle se convainque que ce n'est pas seulement le garçon qui fait la lecture à la fille dans ce grenier mais que tout le monde lui fait la lec-

ture, tous ceux qui ont jamais vécu. Elle lit en même temps qu'eux :

LE PREMIER VIOL DE BROD D

Le premier viol de Brod D eut lieu au milieu des célébrations qui suivirent le treizième festival du jour de Trachim, le 18 mars 1804. Brod rentrait chez elle, descendue du char tout fleuri de bleu – sur lequel elle s'était tenue avec une si austère beauté au long de tant d'heures, faisant onduler sa queue de sirène au moment approprié seulement, jetant au fond de sa rivière éponyme les lourds sacs au moment où le rabbin lui adressait le signe de tête nécessaire – lorsqu'elle fut abordée par le hobereau fou Sofiowka N dont notre shtetl porte désormais le nom pour les cartes et les mormons.

Le garçon s'endort et la fille lui pose la tête sur la poitrine. Brod veut lire encore – elle veut crier, *LISEZ ! IL FAUT QUE JE SACHE !* – mais ils ne peuvent l'entendre de là où elle est, et de là où elle est elle ne peut tourner la page. De là où elle est, la page – son avenir mince comme une feuille de papier – est d'un poids infini.

Un défilé, une mort,
une proposition, 1804-1969

Quand vint son douzième anniversaire, mon arrière-arrière-arrière-arrière-arrière-grand-mère avait reçu au moins une demande en mariage de chacun des citoyens de Trachimbrod : d'hommes qui avaient déjà une épouse, de vieillards tortus qui discutaient sur les vérandas de choses qui pouvaient ou ne pouvaient pas avoir eu lieu des dizaines d'années auparavant, de gamins sans poils aux aisselles, de femmes aux aisselles poilues, et du défunt philosophe Pinchas T, qui, dans son unique article digne d'intérêt, « À la poussière : Tu n'es qu'homme et tu retourneras à l'homme », avait soutenu qu'il serait possible, en théorie, de renverser le rapport de l'art et de la vie. Elle se contraignait à rougir, battait de ses longs cils et disait à chacun, *Peut-être pas. Yankel dit que je suis encore trop jeune. Mais c'est une offre bien tentante.*

Ce qu'ils sont bêtes, se tournant vers Yankel.

Attends que je sois mort, refermant son livre. *Tu pourras choisir celui que tu veux. Mais pas tant que je vivrai encore.*

Je n'en voudrais aucun, lui embrassant le front. *Ils ne sont pas pour moi. Et puis*, riant, *j'ai déjà le plus bel homme de tout Trachimbrod.*

Qui est-ce ? la tirant sur ses genoux. *Je vais le tuer.*

Lui taquinant le nez avec le petit doigt. *C'est toi, idiot.*

Ah non, tu me dis qu'il faut que je me tue ?

J'imagine.

Ne pourrais-je pas être un peu moins beau ? Si cela m'épargne de me tuer de ma propre main ? Ne pourrais-je pas être un peu laid ?

D'accord, **riant,** *on peut dire que ton nez est un peu crochu. Et à y regarder de plus près, ton sourire est carrément moins que beau.*

Maintenant c'est toi qui me tues, **riant.**

C'est mieux que si tu le faisais toi-même.

Tu dois avoir raison. De cette façon, je n'aurai pas à me sentir coupable, après.

Je te rends un grand service.

Alors, merci, chérie. Comment pourrais-je te revaloir ça ?

Tu es mort. Tu ne peux rien faire.

Je reviendrai pour cet unique service. Tu n'as qu'à dire lequel.

Bon, j'imagine que je devrais te demander de me tuer, alors. Pour m'épargner la culpabilité.

C'est comme si c'était fait.

Quelle chance nous avons de nous avoir l'un l'autre, non ?

Ce fut après la demande en mariage du fils du fils de Bitzl Bitzl – *Je regrette beaucoup, mais Yankel pense qu'il vaut mieux que j'attende* – qu'elle revêtit son costume de Reine du Char pour le treizième festival annuel du jour de Trachim. Yankel avait entendu les femmes parler de sa fille (il n'était pas sourd), et il avait vu les hommes la peloter (il n'était pas aveugle), mais l'aider à endosser son costume de sirène, avoir à en attacher les bretelles autour de ses épaules maigrichonnes rendait tout le reste facile, par comparaison (il n'était qu'un homme).

Tu n'es pas obligée de te déguiser si tu n'en as pas envie, dit-il en enfilant sur ses bras minces les longues manches du costume de sirène qu'elle avait redessiné chacune des huit dernières années. *Tu n'es pas obligée d'être la Reine du Char, tu sais.*

Mais bien sûr que si, dit-elle. *Je suis la plus jolie fille de Trachimbrod.*

Je croyais que tu ne voulais pas être jolie.

C'est vrai, dit-elle, sortant la boule de son collier pour la passer au-dessus de son costume. *C'est un tel fardeau. Mais qu'y puis-je ? Je suis maudite.*

Mais tu n'es pas obligée de le faire, dit-il, remettant la boule sous le costume. *Ils n'ont qu'à choisir une autre fille, cette année. Tu pourrais donner sa chance à une autre.*

Ça ne me ressemble pas.

Mais tu pourrais le faire quand même.

Non.

Mais nous étions d'accord que les cérémonies et les rituels sont ineptes.

Mais nous étions d'accord aussi qu'ils sont ineptes pour ceux qui sont à l'extérieur. Je suis au centre de cette cérémonie.

Je t'ordonne de ne pas y aller, dit-il, sachant que ça ne marcherait jamais.

Je t'ordonne de ne pas me donner d'ordres, dit-elle.

Mon ordre l'emporte.

Pourquoi ?

Parce que je suis le plus vieux.

C'est un sot qui parle.

Alors parce que j'ai ordonné le premier.

C'est toujours le même sot qui parle.

Mais ça ne te plaît même pas, dit-il. *Tu te plains toujours après.*

Je sais, dit-elle, ajustant la queue qui était couverte d'écailles faites de paillettes bleues.

Alors pourquoi ?

Cela te plaît-il de penser à maman ?
Non.
Cela te fait-il mal après ?
Oui.
Alors pourquoi continues-tu à le faire ? demanda-t-elle. Et pourquoi, s'étonna-t-elle, se rappelant la description de son viol, poursuivons-nous ?

Yankel s'absorba dans ses pensées, tentant plusieurs fois de commencer une phrase.

Quand tu trouveras une réponse acceptable, je renoncerai à mon trône. Elle l'embrassa sur le front, sortit de la maison et prit le chemin de sa rivière éponyme.

Debout près de la fenêtre, il attendit.

Des dais de mince ficelle blanche couvraient les ruelles de terre de Trachimbrod cet après-midi du printemps 1804 comme chaque jour de Trachim depuis treize ans. C'était une idée de Bitzl Bitzl pour commémorer les premiers rebuts qui étaient remontés du chariot. Une extrémité de ficelle blanche était entortillée autour de la bouteille de vieux vermouth à moitié vide sur le plancher de la bicoque chancelante de l'ivrogne Omeler S, l'autre autour d'un bougeoir d'argent terni sur la table de salle à manger de la maison de brique qui comptait quatre chambres à coucher du Rabbin Tolérable, de l'autre côté de la boueuse rue Shelister ; mince ficelle blanche tendue comme une corde à linge depuis la colonne gauche de la tête d'un lit à baldaquin dans un deuxième étage où loge une catin jusqu'au bouton de porte de cuivre froid d'une glacière dans le sous-sol où le Gentil Kerman K a son échoppe d'embaumeur ; ficelle blanche reliant le boucher au marieur par-dessus les frondaisons tranquilles (et le souffle coupé par l'attente) qui bordent la Brod ; ficelle blanche du menuisier au modeleur de cire, à la sage-femme, en triangle scalène par-dessus la fontaine de la sirène couchée au milieu de la place du shtetl. Les beaux hommes s'assemblaient le long de la berge tandis que le défilé des chars s'avançait depuis les petites chutes jusqu'aux étals des marchands de jouets et de pâtisseries installés près de la plaque marquant l'endroit où le chariot avait, ou n'avait pas, versé et coulé :

> CETTE PLAQUE MARQUE L'ENDROIT
> (OU UN ENDROIT PROCHE DE L'ENDROIT)
> OÙ LE CHARIOT D'UN CERTAIN
> TRACHIM B
> (CROYONS-NOUS)
> EST TOMBÉ À L'EAU.
> *Proclamation du shtetl, 1791*

Le premier à passer devant la fenêtre du Rabbin Tolérable, d'où ce dernier donnait sa nécessaire approbation d'une inclinaison de tête, fut le char de Kolki. Il était orné de milliers de papillons orange et rouges qui se pressaient sur le char à cause de la combinaison spécifique de carcasses d'animaux accrochées à son infrastructure. Un garçon roux vêtu d'un pantalon orange et d'une chemise d'apparat se tenait immobile comme une statue sur la plate-forme de bois. Au-dessus de lui, un écriteau proclamait, LES HABITANTS DE KOLKI PARTICIPENT À LA CÉLÉBRATION AVEC LEURS VOISINS DE TRACHIMBROD ! Il serait le sujet de bien des peintures un jour, quand les enfants de l'assistance devenus vieux s'installeraient avec leurs aquarelles sur leur croulante véranda. Mais il ne le savait pas alors, et les autres non plus, tout comme aucun d'entre eux ne savait que j'écrirais un jour ceci.

Ensuite venait le char de Rivne, qui était couvert d'une extrémité à l'autre de papillons verts. Puis les chars de Loutsk, Sarny, Kivertsy, Sokeretchy et Kovel. Chacun était couvert d'une couleur, de milliers de papillons attirés par des carcasses sanguinolentes : papillons bruns, papillons violets, papillons jaunes, papillons roses, blancs. La foule qui se pressait le long de l'itinéraire du défilé vociférait avec tant d'enthousiasme et si peu d'humanité qu'un mur impénétrable de bruit en était érigé, un braillement commun qui envahissait tout avec une telle constance qu'on aurait pu le prendre pour un silence commun.

Le char de Trachimbrod était couvert de papillons bleus. Brod était assise sur une plate-forme surélevée, au milieu, entourée des princesses du char, jeunes filles du shtetl, vêtues de dentelle bleue et qui remuaient les bras dans les airs comme des vagues. Un quatuor de violoneux jouait des chants polonais sur une autre plate-forme à l'avant du char tandis qu'un autre quatuor jouait des mélodies traditionnelles ukrainiennes à l'arrière, et l'interférence des deux produisait une troisième mélodie dissonante qu'entendaient seulement les princesses du char et Brod. Yankel regardait de sa fenêtre, tripotant la boule qui semblait avoir pris tout le poids qu'il avait perdu au cours des soixante dernières années.

Quand le char de Trachimbrod atteignit les étals de jouets et de pâtisseries, Brod reçut du Rabbin Tolérable le signal de jeter les sacs dans l'eau. *Là-haut, là-haut...* L'arc du regard collectif – depuis la main de Brod jusqu'à la rivière – était l'unique chose qui existât dans l'univers à cet instant : unique arc-en-ciel indélébile. *En bas, en bas...* Ce ne fut pas avant que le Rabbin Tolérable soit relativement sûr que les sacs avaient atteint le fond de la rivière que les hommes reçurent la permission – un autre de ses hochements de tête spectaculaires – de plonger à leur recherche.

Il était impossible de voir ce qui se passait dans l'eau

UN DÉFILÉ, UNE MORT, UNE PROPOSITION

avec tous ces remous, toutes ces éclaboussures. Les femmes et les enfants acclamaient furieusement les hommes qui battaient furieusement des bras et des jambes, s'agrippant les uns les autres pour avoir l'avantage. Ils remontaient par vagues, avec parfois des sacs entre les dents ou dans les mains, puis replongeaient avec toute la vigueur dont ils étaient capables. L'eau bondissait, les arbres se balançaient dans l'attente, le ciel relevait lentement sa robe bleue pour révéler la nuit.

Et puis :

Je l'ai ! cria un homme de l'autre côté de la rivière. *Je l'ai !* Les autres plongeurs poussèrent un soupir de déception et regagnèrent la rive en nageant sur le dos ou demeurèrent sur place, maudissant la bonne fortune du vainqueur. Mon arrière-arrière-arrière-arrière-arrière-grand-père regagna la rive, maintenant le sac d'or au-dessus de sa tête. Une grande foule l'attendait quand il tomba à genoux et déversa le contenu du sac dans la boue. Dix-huit pièces d'or. La moitié d'un salaire annuel.

COMMENT T'APPELLES-TU ? demanda le Rabbin Tolérable.

Je suis Shalom, dit-il. *Je suis de Kolki.*

LE KOLKIEN EST PROCLAMÉ VAINQUEUR ! vociféra le rabbin, perdant sa calotte dans toute cette agitation.

Tandis que le murmure des grillons appelait l'obscurité, Brod demeura sur le char pour assister au commencement du festival sans être ennuyée par les hommes. Les participants du défilé et les gens du shtetl étaient déjà ivres – bras dessus bras dessous, mains baladeuses, doigts indiscrets, cuisses accommodantes, tous ne pensant qu'à elle. Les ficelles commençaient à pendre (des oiseaux se posaient dessus, pesant sur le milieu ; des brises soufflaient, les balançant d'un côté à l'autre comme des vagues), et les princesses avaient couru sur la berge pour voir l'or et se presser contre les visiteurs.

Il y eut d'abord une brume, puis la pluie, si lente qu'on pouvait suivre des yeux les gouttes dans leur chute. Les hommes et les femmes continuèrent à danser en se tripotant tandis que les orchestres klezmer déversaient leur musique par les rues. Des jeunes filles capturaient des lucioles avec des filets d'étamine à fromage. Elles leur ouvraient l'abdomen pour se peindre les paupières de leur phosphorescence. Les garçons écrasaient des fourmis entre leurs doigts, sans savoir pourquoi.

La pluie s'intensifia et les participants au défilé se rendirent malades de bière et de vodka maison. Des gens faisaient sauvagement l'amour dans les coins sombres entre les maisons et sous le dais retombant des saules pleureurs. Des couples s'entaillaient le dos sur les coquillages, les brindilles et les galets des eaux peu profondes de la Brod. Ils s'entraînaient chacun chacune sur l'herbe : jeunes hommes effrontés, mus par la concupiscence, femmes blasées moins humides qu'une haleine sur une vitre, puceaux aux gestes de jeunes aveugles, veuves soulevant leurs voiles, écartant les jambes, implorant – qui ?

De l'espace, les astronautes voient les gens qui font l'amour comme de minuscules granules de lumière. Pas de lumière, précisément, mais une lueur qu'on pourrait prendre pour de la lumière – un rayonnement coïtal qui met des générations à se déverser comme du miel à travers l'obscurité jusqu'aux yeux des astronautes.

Au bout d'un siècle et demi environ – après que les amants qui produisirent la lueur seront depuis longtemps couchés en permanence sur le dos – les grandes villes seront visibles de l'espace. Elles luiront toute

UN DÉFILÉ, UNE MORT, UNE PROPOSITION

Yankel ? Tu es là ? appela-t-elle, allant nue de pièce en pièce, les tétons violets et durcis par le froid, la peau pâle hérissée en chair de poule, les cils accrochant des perles de pluie à leur extrémité.

Dehors : des seins étaient pétris par des mains calleuses. Bien des boutons étaient déboutonnés. Des phrases devenaient des mots devenaient des soupirs devenaient des gémissements devenaient des grognements devenaient de la lumière.

Yankel ? Tu as dit qu'on pourrait aller sur le toit pour regarder.

Elle le trouva dans la bibliothèque. Mais il ne dormait pas dans son fauteuil préféré, comme elle l'avait cru possible, les ailes d'un livre à moitié lu étalées sur la poitrine. Il était par terre, fœtal, la main crispée sur un bout de papier roulé en boule. Tout le reste de la pièce était parfaitement en ordre. Il s'était efforcé de ne rien déranger quand il avait senti le premier éclair de chaleur lui traverser le crâne. Il était gêné quand ses jambes s'étaient dérobées sous lui, honteux quand il s'était rendu compte qu'il allait mourir sur le plancher, seul dans l'immensité de son chagrin, quand il avait compris qu'il mourrait avant d'avoir pu dire à Brod combien elle était belle ce jour-là, et qu'elle avait bon cœur (ce qui vaut plus encore que l'intelligence), et qu'il n'était pas son vrai père mais qu'avec chaque bénédiction, chaque jour et chaque nuit de sa vie, il avait souhaité l'être ; avant d'avoir pu lui raconter son rêve de vie éternelle avec elle, de mourir avec elle, ou de ne jamais mourir. Il était mort une main crispée sur le bout de papier froissé et l'autre sur la boule de boulier.

L'eau suintait entre les planches comme si la maison était une caverne. L'autobiographie au rouge à lèvres de Yankel s'écaillait au plafond de sa chambre, tombant doucement comme une neige tachée de sang sur son lit et sur le plancher. *Tu es Yankel... Tu aimes Brod... Tu es Avachiste... Tu as été marié mais elle t'a quitté... Tu ne crois pas à une vie après la mort...* Brod avait peur que la moindre de ses larmes fît céder les murs de la vieille maison. Elle les enferma donc derrière ses yeux, les exila vers un lieu plus profond, plus sûr.

Elle prit le papier de la main de Yankel, qu'avait trempée la pluie, et la peur de la mort, et la mort. Griffonné d'une écriture enfantine : *Tout pour Brod.*

Un bref éclair illumina le visage du Kolkien à la fenêtre. Il était vigoureux, de lourds sourcils saillant au-dessus de ses yeux couleur d'écorce d'érable. Brod l'avait vu quand il avait refait surface avec les pièces, quand il les avait répandues sur la berge comme du vomi d'or sortant du sac, mais elle ne l'avait guère remarqué.

Va-t'en ! cria-t-elle, couvrant sa poitrine nue de ses bras et retournant vers Yankel, protégeant leurs deux corps du regard du Kolkien. Mais il ne partit pas.

Va-t'en !

Je ne partirai pas sans toi ! lança-t-il à travers la vitre.

Va-t'en ! Va-t'en !

La pluie dégouttait de sa lèvre supérieure. *Pas sans toi.*

Je vais me tuer ! vociféra-t-elle.

Alors j'emporterai ton corps avec moi, dit-il, les paumes contre la vitre.

Va-t'en !

Je ne m'en irai pas !

Yankel tressaillit sous l'effet du raidissement cadavérique, renversant la lampe à pétrole qui s'éteignit avant d'atteindre le plancher, plongeant la pièce dans une obscurité complète. Ses joues s'étirèrent en un étroit sourire, révélant, aux ombres bannies, une satisfaction. Brod laissa retomber ses bras contre ses flancs et se tourna pour faire face à mon arrière-arrière-arrière-arrière-arrière-grand-père.

Alors il faut que tu fasses quelque chose pour moi, dit-elle.

Son ventre s'alluma comme l'abdomen d'une luciole – plus brillant que cent mille vierges faisant l'amour pour la première fois.

***

Fiens izi! lance ma grand-mère à ma mère. *Fite!*

Ma mère a vingt et un ans, mon âge quand j'écris ces mots. Elle vit avec sa mère, va aux cours du soir, a trois emplois, veut trouver et épouser mon père, veut créer et aimer et chanter des chansons et mourir plusieurs fois par jour, pour moi. *Régarde za*, dit ma grand-mère dans la lueur de la télévision. *Régarde.* Elle pose la main sur la main de ma mère et sent son propre sang couler dans les veines, et le sang de mon grand-père (qui mourut cinq semaines seulement après son arrivée aux États-Unis, tout juste six mois après la naissance de ma mère), et le sang de ma mère, et mon sang, et le sang de mes enfants et de mes petits-enfants. Un crachotis : *C'est un petit pas pour l'homme...* Elles regardent fixement une bille bleue flottant dans le vide – un retour chez soi venu de si loin. Ma grand-mère, s'efforçant de maîtriser sa voix, dit, *Ton père aurait atoré foir za.* La bille bleue est remplacée par un journaliste qui a ôté ses lunettes et se frotte les yeux. *Mesdames et messieurs, l'Amérique a mis un homme sur la lune ce soir.* Ma grand-mère se lève avec difficulté, vieille, même alors – et dit, avec toutes sortes de larmes différentes dans les yeux, *Z'est merfeilleux!* Elle embrasse ma mère, cache ses mains dans les cheveux de ma mère, et dit *Z'est merrrfeilleux !* Ma mère pleure aussi, chaque larme est unique. Elles pleurent ensemble, joue contre joue, et ni l'une ni l'autre n'entendent l'astronaute murmurer, *Je vois quelque chose*, en contemplant, par-delà l'horizon lunaire, le minuscule village de Trachimbrod. *Il y a, c'est sûr, il y a quelque chose là-bas.*

28 octobre 1997

Cher Jonathan,

J'ai luxurié le reçu de ta lettre. Tu es toujours si rapide à m'écrire. Ce sera une chose lucrative pour quand tu seras un vrai écrivain et plus un apprentissage. Mazel tov!

Grand-père m'ordonna de te remercier pour la photographie duplicat. C'était bénévole de ta part de la poster sans lui demander de numéraire. En vérité, il n'en possède pas beaucoup. J'étais certain que mon père ne lui en a dispersé aucun pour le voyage, parce que grand-père mentionne souvent qu'il n'a pas de numéraire et que je connais mon père de part en part dans les façons de faire ainsi. Cela me rendit très courroucé (pas morfondu ni sur les nerfs, puisque tu m'as informé que ce ne sont pas des mots bienséants à utiliser si souvent comme moi), et je suis allé voir mon père. Il m'a crié, « J'AI TENTÉ DE DISPERSER DU NUMÉRAIRE À GRAND-PÈRE MAIS IL A REFUSÉ DE LE RECEVOIR. » Je lui ai dit que je ne le croyais pas et il m'a poussé et ordonné que je devrais interroger grand-père sur la question, mais bien sûr je ne peux pas le faire. Quand j'étais par terre, il m'a dit que je ne sais pas tout, comme je le crois. (Mais je te dirai, Jonathan, que je ne crois pas que je sais tout.) Ceci m'a fait sentir un schmendrik d'avoir reçu le numéraire. Mais j'étais contraint de le recevoir, parce que comme je t'ai informé, j'ai un rêve d'un jour changer mes résidences pour Amérique. Grand-père n'a aucun rêve comme ceci, et donc n'a pas besoin de numéraire. Après, je devins très bilieux contre grand-père, parce que pourquoi était-il impossible pour lui de recevoir le numéraire de mon père et de me le présenter?

N'informe aucune âme, mais je garde toutes mes réserves de numéraire dans une boîte à biscuits dans la cuisine. C'est un endroit que personne ne risque d'investiguer parce qu'il y a dix ans depuis que ma mère a manufacturé un biscuit. Je raisonne que quand la boîte à biscuits sera pleine, j'aurai une quantité suffisante pour changer mes résidences pour Amérique. Je suis une personne précautionneuse parce que je désire être outrecuidant que j'aie assez pour un appartement luxurieux dans Times Square, assez vaste pour à la fois moi et Mini-Igor. Nous aurons une télévision grand écran pour regarder le basket, un jacuzzi et une stéréo qui déménagera – mais pourquoi déménager quand on sera chez nous. Mini-Igor doit aller de l'avant avec moi, bien sûr, quoi qu'il se produise.

Il apparut que tu n'avais pas très beaucoup de discussion avec la division précédente. Je demande indulgence si elle te courrouça en aucune manière mais je voulais être véritable et humoristique, comme tu conseillas. Penses-tu que je suis une personne humoristique? Je signifie humoristique avec intention, pas humoristique parce que je fais des choses idiotes. Ma mère disait un jour que je suis humoristique, mais c'était quand je lui demandai d'acquérir une Ferrari Testarossa pour ma part. Ne désirant pas attirer le rire de la mauvaise façon, je révisai mon offre pour des enjoliveurs.

J'ai façonné les très clairsemés changements que tu m'as postés. J'ai altéré la division au sujet de l'hôtel à Loutsk. Maintenant tu ne payes qu'une fois. « Je ne serai pas traité comme un citoyen de deuxième classe ! » préconises-tu au patron de l'hôtel et si je suis dans l'ob<u>ligation</u> (merci, Jonathan) de t'informer que tu n'es pas un citoyen de deuxième, troisième ou quatrième classe, en vérité, la phrase fait très puissant. Le patron dit, « Vous avez gagné. Vous avez gagné. J'ai essayé de vous arnaquer vite fait » (qu'est-ce que ça veut dire, arnaquer vite fait ?) « mais vous avez gagné. OK. Vous payerez seulement une fois. » C'est maintenant une scène excellente. J'ai considéré de te faire parler ukrainien, de sorte que tu pourrais avoir plus de scènes comme ceci, mais cela me ferait une personne sans usage, parce que si tu parlais ukrainien, tu aurais encore besoin pour un chauffeur, mais pas pour un traducteur. Je ruminai d'amputer grand-père de l'histoire, de sorte que je serais le chauffeur, mais si jamais il s'assurait de ceci, je suis certain qu'il serait blessé et ni de nous désire cela, oui ? Aussi, je ne possède pas de permis.

Finalement, j'ai altéré la division au sujet de la tendresse de Sammy Davis Junior, Junior pour toi. J'itérerai encore que je ne pense pas que le réglage bienséant est de l'amputer de l'histoire, ou de la voir « tuée dans un accident tragi-comique en traversant la rue de l'hôtel », comme tu conseilles. Pour t'apaiser, j'ai modifié la scène de sorte que vous deux apparaissez plus comme des amis et moins comme des amants ou comme des fléaux de Dieu. Par un exemple, elle n'effectue plus de rotation pour faire un soixante-neuf avec toi. C'est maintenant seulement une pipe.

Il est très difficile pour moi d'écrire au sujet de grand-père, juste comme tu as dit qu'il est très difficile pour toi d'écrire au sujet de ta grand-mère. Je désire savoir plus à son sujet, si cela ne te mettait pas en détresse. Cela pourrait rendre moins rétif pour moi de parler au sujet de grand-père. Tu ne l'as pas éclairée au sujet de notre voyage, n'est-ce pas? Je suis certain que tu me l'aurais dit si tu l'avais fait. Tu connais mes pensées sur ce sujet.

Quant à grand-père, il devient toujours pire. Quand je pense qu'il est le plus pire, il devient encore pire. Quelque chose doit se produire. Il ne cèle plus sa mélancolie avec maîtrise, maintenant. Je l'ai témoigné pleurer trois fois cette semaine, chacune très tardif la nuit, quand je rentrais d'avoir perché à la plage. Je te dirai (parce que tu es la seule personne que j'ai à le dire) que je fais à l'occasion KGB sur lui de derrière le coin parmi la cuisine et la salle de télévision. La première nuit que je l'ai témoigné pleurer, il était en train d'investiguer un sac de cuir âgé débordé de nombreuses photographies et morceaux de papier comme une des boîtes d'Augustine. Les photographies étaient jaunes et aussi les papiers. Je suis certain qu'il était en train d'avoir des souvenirs pour quand il était seulement un garçon et pas un vieil homme. La deuxième nuit qu'il pleurait, il avait la photographie d'Augustine dans ses mains. L'émission météorologique passait mais c'était si tard qu'on présentait seulement une carte de la planète Terre sans aucune météorologie dessus. «Augustine», je l'entendis dire. «Augustine.» La troisième nuit qu'il pleurait, il avait une photographie de toi dans ses mains. Il est seulement possible qu'il s'en est assuré de mon bureau, où je garde toutes les photographies que tu m'as postées. Encore une fois il disait «Augustine», malgré que je ne comprends pas pourquoi.

Les Éditions Points s'engagent pour la protection de l'environnement et une production française responsable

Ce livre a été imprimé en France, sur un papier certifié issu de forêts gérées durablement, chez un imprimeur labellisé Imprim'Vert, marque créée en partenariat avec l'Agence de l'eau, l'ADEME (Agence de l'environnement et de la maîtrise de l'énergie) et l'UNIIC (Union nationale des industries de l'impression et de la communication).

La marque Imprim'Vert apporte trois garanties essentielles :

- La suppression totale de l'utilisation de produits toxiques
- La sécurisation des stockages de produits et de déchets dangereux
- La collecte et le traitement de produits dangereux

RÉALISATION : PAO ÉDITIONS DU SEUIL
IMPRESSION : CPI FRANCE
DÉPÔT LÉGAL : MAI 2004. N° 114271-6 (2081509)
IMPRIMÉ EN FRANCE